ALIS, PROTONES Y SECRETOS

ExLibric

GUILLERMO J. CAAMAÑO

ALIS, PROTONES Y SECRETOS

EXLIBRIC

ANTEQUERA 2026

ALIS, PROTONES Y SECRETOS
© Guillermo J. Caamaño
Portada:
 Concepto: María Caamaño
 Diseño: Dpto. de Diseño Gráfico Exlibric

Iª edición

© ExLibric, 2026.

Editado por: ExLibric
c/ Cueva de Viera, 2, Local 3
Centro Negocios CADI
29200 Antequera (Málaga)
Teléfono: 952 70 60 04
Fax: 952 84 55 03
Correo electrónico: exlibric@exlibric.com
Internet: www.exlibric.com

ISBN: 979-13-88079-93-1
Depósito Legal: MA 297-2026

Impresión: PODiPrint
Impreso en Andalucía – España

Nota de la editorial: ExLibric pertenece a Innovación y Cualificación S. L.

GUILLERMO J. CAAMAÑO

ALIS, PROTONES Y SECRETOS

Prefacio

Concebí esta novela como material de apoyo a las asignaturas de ciencias para alumnos de secundaria, por lo que estaba destinada al trabajo de clase con el profesor o simplemente a servir de refuerzo para conceptos básicos, tratando al mismo tiempo de mantener el interés a través de la trama y los personajes.

Pero, durante su desarrollo, aparecieron dos objetivos adicionales que la expanden hacia lectores de todas las edades y procedencias. Uno es estimular el deseo de saber más; por eso, algunos temas solamente se sugieren, con la intención de que el lector sienta la necesidad de profundizar en ellos; la curiosidad ha sido el viento que ha impulsado las velas de la ciencia durante milenios y, a lo largo de mi vida, el aprendizaje ha sido una de mis mayores fuentes de disfrute. El otro objetivo, más pretencioso, es que toda persona que la lea aprenda algo nuevo; sólo cuando la termines sabrás si lo he conseguido.

Por cierto, los monumentos, obras de arte, parajes naturales y sitios web que se mencionan son reales.

Te deseo una buena travesía.

1

Lauderat

Era martes y Alis salía del colegio Lauderat especialmente satisfecha porque, a pesar de estar al inicio del curso escolar, ya había aprendido un montón de cosas interesantes que «tendría que investigar». Iba a comer con su amigo Diego porque estaba deseando enseñarle un pequeño artefacto encontrado por casualidad el día anterior. Ambos eran conscientes del privilegio de estudiar en un colegio ubicado en el Palacio de Carlos V, una joya renacentista sólidamente incrustada en la Alhambra de Granada, frente a la sobria Alcazaba, junto a los delicados Palacios Nazaríes, al pie de los frondosos Jardines del Generalife.

Alis y Diego cruzaban el patio del palacio en dirección a la salida, con intención de bajar caminando hasta la casa del chico en el Paseo de los Tristes, unos cientos de metros más abajo. Confundidos entre el resto de alumnos, iban pendientes de no resbalar en el suelo de piedra, mojado por la lluvia que había cesado minutos antes. Aunque vestían los uniformes del Lauderat —jersey azul para todos, pantalón gris los niños y falda de cuadros las niñas—, muchos llevaban además multicolores abrigos, paraguas y mochilas.

La silueta esbelta, la melena rubia y la mirada esmeralda de Alis contrastaban con la tez, el pelo y los ojos morenos de Diego, quien además se encontraba en constante lucha por perder algunos kilos. Y si bien los dos compartían una curiosidad insaciable, la impulsividad de ella, que con frecuencia se dejaba llevar por sus sentimientos, distaba del carácter reflexivo y sereno del chico.

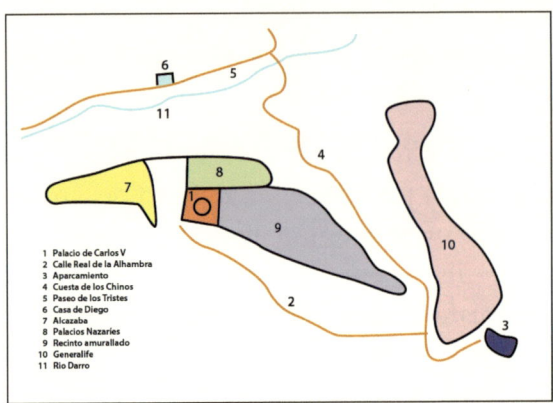

1 Palacio de Carlos V
2 Calle Real de la Alhambra
3 Aparcamiento
4 Cuesta de los Chinos
5 Paseo de los Tristes
6 Casa de Diego
7 Alcazaba
8 Palacios Nazaríes
9 Recinto amurallado
10 Generalife
11 Río Darro

Varios metros por delante de ellos salía Julia, una compañera de clase bastante más alta, pelirroja, de piel blanquecina y cubierta de pecas, cuyo chubasquero fucsia con flores rojas resultaba especialmente llamativo.

Casi siempre que atravesaba aquel patio circular flanqueado por 32 imponentes columnas, Alis las recontaba mentalmente, como si necesitase confirmar que ninguna de ellas había desaparecido desde la vez anterior. Caminaba junto a su amigo en silencio, reprimiendo las tremendas ganas que tenía de enseñarle lo que había encontrado. Esperaba el momento oportuno, cuando nadie más pudiese verles.

De repente, se quedó paralizada por el miedo al reconocer a dos tipos que, en el exterior de la puerta principal, escrutaban atentamente la ruidosa marea de alumnos que salía del colegio.

Un sudor frío le recorrió la frente y la espalda. No podía ser casualidad. Tuvo la certeza de que aquellos hombres —que vestían trajes de un beige muy claro, ocultaban su mirada con gafas de sol y lucían tatuajes idénticos en el dorso de sus manos— habían venido a buscarla. Sin pensarlo, tiró de Diego bruscamente hasta que ambos quedaron ocultos tras una de las gruesas columnas, al tiempo que apretaba fuertemente un objeto ovoide en el bolsillo de su falda. Mientras se preguntaba cómo la habían encontrado y Diego la miraba sin comprender, sintió vibrar el objeto en su mano.

Durante la mañana, Alis había asistido a clase junto a sus compañeros, ignorando que comenzaba para ellos una semana plagada de acontecimientos extraños y peligrosos. La profesora favorita del grupo era una mujer madura, de corta estatura, pelo azabache y ojos oscuros, que irradiaba seguridad y confianza y que se mostraba siempre dispuesta a enseñarles cosas interesantes y a resolver sus dudas. A diferencia de otros profesores del colegio, víctimas de algún sobrenombre, ella era simplemente Irene. Este año impartiría la asignatura de Ciencias:

—¿Alguna vez os habéis preguntado de qué están hechas las cosas que os rodean? El suelo que pisáis, vuestro calzado, el uniforme que lleváis puesto, las mesas sobre las que estáis apoyados, ese teléfono móvil del que no queréis separaros ni un momento, el aire que estamos respirando, la lluvia que ha querido acompañarnos hoy… Todos tienen distinta textura, múltiples colores, se pueden distinguir fácilmente por su tacto, son tan diferentes… ¿De qué están hechos?

A Irene le gustaba remarcar sus frases, cambiar la entonación y hacer pausas, lo que ejercía un efecto hipnótico en sus alumnos. En la mayoría de ellos, al menos.

—Vosotros mismos, vuestras piernas, manos y uñas, los dientes con los que mordéis sin piedad las hamburguesas, las lágrimas que se os escapan cuando estáis tristes… no se parecen en nada al material de vuestros cuadernos y lápices.

Mientras hablaba, le acompaña el repiqueteo de la tormenta castigando los cristales de las ventanas. Cuando paseaba su mirada entre el joven auditorio y la enfocaba en uno u otro alumno, le hacía creer que la frase que estaba pronunciando había sido concebida exclusivamente para él. Y seguramente así era, porque su atención saltaba de forma intencionada a los zapatos de una, al jersey de otro, al pupitre sobre el que alguno parecía desparramarse, a unas manos, una boca, unos ojos, cuyo propietario se sentía inmediatamente concernido. Procuraba que cada uno tuviese su momento, que ninguno sintiera que estaba de más en aquella clase. Se notaba que amaba su profesión y, aunque su discurso pareciera improvisado, debía de ser consecuencia de numerosas horas de preparación.

—Todas estas cosas, tan diferentes, ¿tienen algo en común?

Cada vez que Irene dejaba una pregunta en el aire, se dedicaba a observar a quienes se removían inquietos en sus asientos, esperando a que les mirase fijamente para invitarles a responder. Esta vez miró a Diego.

—Todo está hecho de átomos —dijo el alumno tímidamente, casi disculpándose por saber la respuesta.

Hasta ese momento, Alis se había mostrado incómoda, porque era su primer día en esa aula y se había sentado junto a Diego en el pupitre más cercano a la puerta. Casi siempre que permanecía mucho tiempo en un lugar nuevo, sentía la necesidad de calcular sus dimensiones o de contar elementos que estuviesen distribuidos siguiendo algún tipo de simetría, y anotarlos con su mano zurda en la esquina superior derecha de las páginas de su cuaderno. Esta vez escribió, con letra muy pequeña: «Martes, Aula 7, Irene, 22 alumnos, 25 mesas, f. 9 m, an. 7 m, al. 4,2 m, sup. 63 m², vol. 264,6 m³». Ya podía seguir atendiendo a clase con tranquilidad.

—Efectivamente. Todos los materiales que podemos tocar, e incluso el aire que ni siquiera vemos, están hechos de átomos —continuó Irene—. Esta palabra se la debemos a Leucipo y a su discípulo Demócrito, que vivieron en Grecia hace 2.400 años y se dieron cuenta de algo que parece simple: si partes una piedra por la mitad, los dos trozos siguen teniendo el mismo color y la misma dureza que la piedra original. Cuando rompes esos pedazos en otros más pequeños, sigue pasando lo mismo. Pero a partir de esa observación, llegaron a una conclusión sorprendente: tiene que existir un límite. En algún momento debes obtener un trozo tan pequeñito que ya no puedas romperlo y por tanto sea *indivisible*. En griego, «in-divisible» se dice «a-tomo».

Alis se imaginaba a un señor muy anciano, de larga barba y enfundado en una túnica blanca, que observaba cómo su discípulo rompía piedras afanosamente con un martillo. Se preguntó si los antiguos griegos habrían inventado ya esta herramienta y pensó que tendría que investigarlo.

—En su época, se aceptaba la existencia de cuatro elementos: aire, agua, tierra y fuego, capaces de combinarse de distintas formas para dar lugar a todos los materiales. Estos filósofos intentaron cambiar esa idea, afirmando que los átomos de su piedra eran muy diferentes de los que formaban el agua o la piel. Su propuesta era bastante acertada, teniendo en cuenta que aplicaron un razonamiento puro, sin ninguna base experimental. Pero no tuvo mucho éxito hasta que en el siglo XVII se retomó la idea de considerar elementos a los distintos tipos de átomos que existen. De momento se ha demostrado la existencia de 118 diferentes y los científicos no paran de buscar el 119 y los siguientes, aunque a lo largo de vuestras vidas apenas tendréis contacto con la mitad de ellos.

En la pantalla que había sobre la pizarra apareció proyectada una imagen por la que Alis quedó fascinada, ya que mostraba el tipo de orden que a ella le reconfortaba. Sabía que la había visto antes, pero no recordaba exactamente su significado. Todos examinaban curiosamente aquella estructura, donde unos casilleros numerados estaban dispuestos como los libros de una estantería. Algunos intercambiaban miradas cómplices de «esto no habrá que aprendérselo, ¿verdad?», mientras que otros, como Diego, en lugar de parecer sorprendidos, se mostraban a la espera de escuchar algo que no supiesen ya.

—Estamos en el «Año Internacional de la Tabla Periódica de los Elementos Químicos», en homenaje al 150 aniversario de su primera publicación por el científico ruso Dmitri Mendeléyev. Naturalmente, su tabla era más pequeña y se ha ido ampliando con el paso de los años. Cada casilla representa un elemento químico, un tipo de átomo, que se distingue del resto por su «número atómico»: este numerito que aparece en la parte superior izquierda de cada recuadro. Debajo están sus nombres y, en el centro, una o dos letras que son abreviaturas de esos nombres, lo que llamamos el «símbolo químico». Como podéis ver, empieza con el hidrógeno, que tiene el número 1, y de momento llega hasta el oganesón, con el 118. En la esquina superior derecha tenemos la «masa atómica». Cuanto mayor es el número atómico de un elemento, mayor es también su masa, aunque no vemos una relación directa entre ellos.

Julia, la chica alta y pelirroja, alzó su mano y enseguida obtuvo permiso para intervenir:

—El oro tiene el símbolo *Au*, que no tiene nada que ver con su nombre —afirmó satisfecha de haber encontrado un error en la exposición de la profesora.

—Muchos elementos, como el oro, la plata o el cobre, son conocidos desde muy antiguo y sus símbolos químicos derivan de sus nombres latinos: *aurum, argentum, cuprum…*

Irene agradecía que los alumnos participasen en la clase, sin duda eso la hacía más amena. Y, aunque Julia siempre intentase quedar por encima de los demás, para responder había escogido un tono que dejase claro que la alumna no había dicho una tontería. Pero ésta no se daba por vencida fácilmente.

—¿Y por qué el mercurio tiene el símbolo *Hg*? —volvió a preguntar.

—En este caso proviene del griego *hydrargyrum*, que se podría traducir como «agua de plata» o «plata líquida». Si lo pensáis, es un nombre bastante lógico.

—¿Y el *Na* del sodio? —insistió.

—De *natrium*, el nombre que daban los romanos a una de las sales de sodio más comunes.

Julia pareció conformarse con estas explicaciones, mientras que Alis seguía recorriendo con la vista aquellas interminables casillas, intentando memorizar tanto la estructura de la tabla como los nombres, símbolos y números de los elementos que le resultaban más familiares. De forma casi involuntaria, se detuvo en algunos de ellos y, mientras con su mano derecha acariciaba el oscuro huevecillo de plástico que ocultaba en el bolsillo, con la izquierda anotó en el cuaderno: «3+23+39+76=**141**». La profesora continuó su exposición:

—Ciento dieciocho elementos, muy diferentes entre sí en tamaño, peso y propiedades. De hecho, Mendeléyev se basó en las propiedades químicas de cada uno para poner en la misma columna los que eran similares y eso ha servido para predecir que cualquier nuevo elemento bajo los ya conocidos se comportaría de forma parecida. Pero no fue hasta finales del siglo XIX cuando Thomson realizó los primeros experimentos que podrían indicar la existencia de partículas más pequeñas, invitando a pensar que quizá los átomos no fuesen indivisibles después de todo…

La imagen proyectada cambió a otra que mostraba un enorme círculo de color negro, otro verde del mismo tamaño y un tercero muy pequeñito de color rojo. Debajo de ellos aparecían nombres y signos: *Neutrón*, *Protón (+)* y *Electrón (-)*. El círculo verde tenía además un pequeño agujero en su interior, también circular.

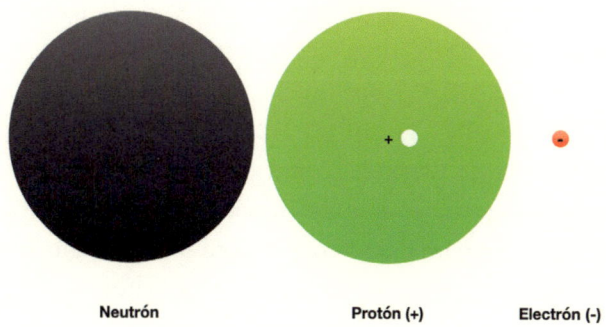

Neutrón   Protón (+)   Electrón (-)

Alis, como la mayoría, copió el dibujo en su cuaderno y anotó los nombres. Casi todos vieron la semejanza entre el hueco del protón y el tamaño del electrón, pero nadie dijo nada. Diego seguía esperando.

—Estas son las principales partículas que forman los átomos. Como veis en este esquema, los neutrones y los protones son prácticamente del mismo tamaño y se diferencian en que el neutrón no tiene carga eléctrica, mientras que el protón tiene carga positiva. Por su parte el electrón, a pesar de ser mucho más pequeño, tiene una carga igual de fuerte que la del protón, pero de signo contrario.

Pepe era el alumno más trasto de la clase. Le costaba seguir las explicaciones, pero no era por falta de inteligencia, sino porque rápidamente perdía el interés y con suma facilidad empezaba a maquinar sus propios asuntos o, en el mejor de los casos, se le ocurrían comentarios para hacer reír a sus compañeros. Viendo las imágenes de aquellos círculos grandes y pequeños, no podía dejar de pensar en balones de fútbol y pelotas de tenis. Aquella clase se estaba volviendo densa y, para colmo, esa mañana no habían podido jugar el partido previsto por culpa de la lluvia. Retocó los dibujos que acababa de hacer de acuerdo a sus pensamientos, mientras la explicación continuaba.

—En pocos años, Thomson, Rutherford y Bohr imaginaron distintas formas de organizar estas partículas dentro del átomo para tratar de explicar lo que descubrían con cada nuevo experimento que realizaban. Esto ocurrió hace sólo un siglo, una época muy reciente comparada con la de Demócrito. Probablemente la imagen más conocida que intenta explicar la estructura del átomo es el *modelo de Rutherford*, con un núcleo central formado por protones y neutrones, y una capa exterior donde los electrones siguen órbitas similares a las de los planetas en torno al sol.

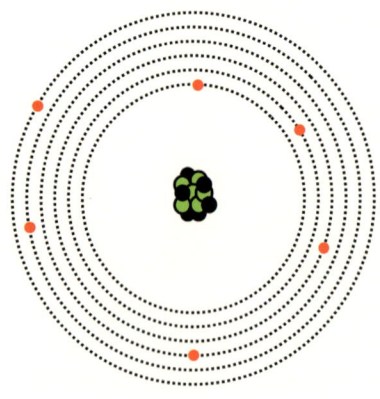

Apareció proyectado un esquema que tenía en el centro un racimo de puntos verdes y negros rodeado por varias circunferencias concéntricas y sobre ellas unos puntitos rojos situados estratégicamente. La mayoría tomaba nota de todo. Pepe levantó la mano:

—¿Y no podrían ser planetas de verdad? Quiero decir que, a lo mejor, los electrones son planetas como el nuestro y en ellos vive gente. O a lo mejor la Tierra es un electrón dentro de un átomo que está en la barriga de una cucaracha gigante extraterrestre… —añadió, provocando la risa de todos.

Por el modo en que Irene sonrió, Alis supo que no era la primera vez que escuchaba esa teoría.

—Bueno, las dos ideas parecen lógicas mirando esta imagen, hasta el punto de que han sido utilizadas más de una vez en cuentos y películas de ciencia ficción. Pero no. Un «modelo» es una forma de explicar algo para que podamos entenderlo mejor, pero no significa que lo que representa sea *exactamente* así —dijo Irene con el mismo tono suave de todas sus respuestas—. Sabemos que los electrones no siguen «órbitas» alrededor del núcleo, sino que tienen un comportamiento muy complejo que hace imposible dibujarlos de forma «realista». Si os estoy mostrando el modelo de Rutherford es porque tiene una gran virtud: nos ayuda a entender que el núcleo está en el centro, formado por protones y neutrones, y que los electrones se mueven a su alrededor. Una idea que es totalmente válida.

—Pero entonces, ¿cómo se mueven los electrones de verdad? —preguntó Javi.

Era la primera vez que Alis escuchaba su voz, al igual que el resto de alumnos, puesto que Javi era nuevo en el Lauderat y se había incorporado para el curso que estaba empezando. Delgado y no muy alto, seguramente lo que más destacaba en su figura eran el flequillo negro que ocultaba su frente y unos ojillos vivaces que indicaban que se trataba de un chico inquieto e inteligente.

—Aunque les he llamado partículas, hay veces que los electrones ni siquiera se comportan como tales. Por eso hay una rama de la física, la mecánica cuántica, que intenta explicar esto —respondió Irene—. Para nuestras clases, podéis imaginar a los electrones como un enjambre de abejas que vuelan en un campo de fútbol, en torno a una colmena central del tamaño de un balón. Si comparáis el tamaño del estadio con el de unas pocas abejas y una pelota, veréis que en realidad el átomo está prácticamente vacío.

Al escuchar esa descripción, Pepe mostró orgulloso a sus compañeros el dibujo de los balones que había hecho minutos antes, al tiempo que Alis trazaba en el cuaderno su propia representación artística de aquella idea.

—Lo más interesante de todo es que los electrones tienen una gran movilidad y eso les convierte en los verdaderos responsables de los fenómenos que observamos en la naturaleza. Si todos los electrones estuviesen siempre fijos en sus átomos sin abandonarlos nunca, el mundo sería muy aburrido y por supuesto esta clase no estaría teniendo lugar, ya que no serían posibles las reacciones químicas ni la existencia de los seres vivos.

Diego y Alis se miraron reflejando un cierto asombro en sus caras. Eran conscientes de estar entre los mejores alumnos de la clase y, cuando aparecía algún concepto que para ellos era nuevo o sorprendente, solían intercambiar miradas cómplices.

—Voy a deciros una serie de palabras y para este jueves quiero que busquéis la relación que tienen con los electrones, si es que tienen alguna.

La profesora miró fijamente a Pepe, que tras mostrar sus dibujos había cerrado el cuaderno y se había repantingado en el asiento. Esperó a que se incorporase, localizase un lápiz y abriese de nuevo el cuaderno por una página en blanco. Entonces comenzó a dictar lentamente, mientras todos anotaban:

—Electricidad, electrónica, electrodo, electrocardiograma, electroencefalograma, electroimán y electromagnetismo. Si encontráis alguna otra que también parezca tener relación con los electrones, la podéis añadir a la lista.

Seguramente más de uno ya ideaba en su cabeza la excusa que usaría el jueves para justificar que no había podido realizar el trabajo.

—Volviendo a la estructura del átomo, son incontables los científicos posteriores a Rutherford y Bohr que han seguido contribuyendo a su conocimiento. Pero mi objetivo con vosotros es centrarme únicamente en unas pocas ideas que, a pesar de ser simples, os van a permitir entender conceptos esenciales como *número atómico, masa atómica, isótopo, radiactividad, ion, molécula, estequiometría, mol...*

Aquella avalancha de términos extraños provocó el pánico entre varios alumnos. En más de una ocasión, Irene se había quejado de los temarios interminables, que profundizan tanto en los detalles que los alumnos son incapaces de retener las ideas más fundamentales. Por eso solía centrarse en resaltar los conceptos que consideraba más básicos.

—Os garantizo que, si prestáis atención a unas sencillas reglas sobre cómo se relacionan entre sí neutrones, protones y electrones, la mayoría de estos términos os resultarán fáciles de entender antes de que os marchéis el jueves por la tarde a la excursión que tenéis programada.

Un murmullo recorrió la clase, pues varios de los alumnos habían escuchado noticias sobre un incendio que el día anterior había afectado a una parte de la Sierra de Cazorla, el destino de la excursión que había organizado para ellos Don Tomás, el profesor de literatura.

—Pero vamos a centrarnos. La primera idea que me interesa que os llevéis hoy a casa ya la hemos visto: cada átomo tiene un núcleo, que está situado en el centro, y una capa exterior formada por una nube de electrones, el enjambre de abejas del que hemos hablado. Alis, ¿qué partículas podemos encontrar en el núcleo de los átomos?

—Protones y neutrones. Los protones tienen carga eléctrica positiva y los neutrones no tienen carga —respondió la alumna sin mirar el cuaderno.

—¡Perfecto! La segunda idea es: lo que diferencia a un elemento de otro, lo que le hace ser ligero como el helio, brillante como el oro o líquido como el mercurio, es el número de protones que tiene en el núcleo. A ese número de protones le llamamos «número atómico» y se utiliza para ordenarlos en la tabla periódica. Pepe, ¿cuántos protones tendrá un átomo de hidrógeno? —preguntó mientras la tabla volvía a aparecer proyectada.

La pregunta sorprendió al alumno, que desde hacía rato pensaba en el modelo de zapatillas que pediría para su cumpleaños. Pero él nunca dejaba una pregunta sin responder:

—¡Muchos! —afirmó sin dudar.

La carcajada fue generalizada en la clase, que estaba acostumbrada a este tipo de respuestas.

—Casi aciertas… pero no. A ver. Si el hidrógeno es el primer elemento de la tabla periódica… y su número atómico es el uno… —Irene señalaba con un puntero la primera casilla de la tabla— y el número atómico indica el número de protones… entonces un átomo de hidrógeno tendrá…

—¡Un protón! —exclamó Pepe, con la misma convicción que la vez anterior.

—¡Exacto! ¿Y un átomo de carbono? —siguió preguntando, mientras señalaba la casilla que contenía el símbolo C.

—¡Seis protones!

—¿Y un átomo de plata? —el puntero se movía con rapidez.

—¡Cuarenta y siete!

—¡Perfecto! ¡Esto va bien!

Irene siempre mostraba satisfacción por los avances de sus mejores alumnos, pero sus ojos brillaban de un modo especial cuando conseguía que otros, como Pepe, se interesasen por participar y llegasen a retener algo de lo que intentaba transmitirles. Sonó el timbre que marcaba el final de las clases del día. Un murmullo recorrió el ambiente.

—Por hoy es suficiente. Podéis marcharos.

El murmullo se convirtió en algarabía. Julia ya estaba poniéndose el chubasquero de flores rojas que Alis le había devuelto por la mañana, después de que lo hubiera dejado olvidado el día anterior en el coche de Miguel, el padre de Alis. Debido a una antigua amistad, Miguel Dauro le hacía el favor a la madre de Julia de recoger a su hija varios días a la semana para llevarla al colegio junto con Alis, e igualmente devolverla a casa tras finalizar las clases.

—Me voy, que hoy me recoge mi madre —gritó Julia mientras se encaminaba hacia el pasillo.

Alis esbozó un saludo aprobatorio con la mano, mientras Diego se volvía hacia ella.

—Bueno, pues ya se fue. ¿Me vas a contar ahorita eso tan misterioso que no me podías decir?

—Seguramente será una tontería, pero es que ayer encontré algo y quiero que me ayudes a averiguar de qué se trata, por eso te pedí que me invitaras a comer. Vámonos y te lo cuento por el camino.

Juntos abandonaron el aula y se mezclaron con el colorido flujo de alumnos, mochilas y paraguas que se había adueñado de los pasillos en dirección a la salida, mientras dos hombres con gafas oscuras esperaban fuera, oteando la multitud en busca de algo muy concreto.

2

LiVYOs

Cuando mi padre me recogió ayer, no me podía imaginar que hoy me iba a encontrar en el patio del colegio muerta de miedo y sin atreverme a salir. Creo que me he metido en un buen lío por su culpa. Aunque en realidad… la culpa es mía por no hacerle caso.

Recordarás que ayer amaneció nublado y llovió bastante durante la mañana, mientras estábamos en el colegio. Después de las clases, como casi siempre, mi padre nos esperaba a Julia y a mí en el aparcamiento de la Alhambra para llevarnos a casa. Tengo suerte de que nos acompañes parte del camino, porque así no tengo la obligación de hablar con ella. Lo cierto es que, a pesar de compartir coche casi todos los días, intento evitarla si puedo, porque siempre me hace algún comentario del tipo «tienes el pelo fosco», «te ha salido otro grano en la cara», «vaya tontería que has dicho hoy en clase» o «mi madre me iba a comprar esos mismos zapatos que llevas, pero le dije que eran muy feos y por suerte me compró estos que llevo ahora». Ya me dirás cómo se pueden distinguir unos zapatos de otros, porque el uniforme del colegio obliga a que sean cerrados, con cordones y de un azul muy oscuro. De todos modos, ella parece creer que los suyos son mucho más guays que los míos. Y que somos amigas.

El caso es que ya habíamos dejado a Julia en la puerta de su casa, frente al Palacio de Deportes, cuando mi padre me avisó de que por el camino iba a parar en el Polígono Industrial para visitar a un cliente. No me gusta cuando hace estas cosas, porque salgo con hambre y saboreando en mi cabeza la comida que habrá dejado preparada mi madre. Además, eso cambia el tiempo de viaje y me obliga a estimar el gasto extra del coche al desviarse. Como es eléctrico y el consumo se mide en kilovatios-hora, calculé que gastamos 0,3 kWh de más.

A lo que iba, que me estoy liando: ya sabes que mi padre hace programas informáticos y resulta que ese cliente le había citado en su empresa. Conozco un poco el polígono, porque pasamos por delante todos los días de camino a casa. Después de dejar la autovía, giramos por una calle estrecha en la que nunca me había fijado, nos detuvimos junto a una gran nave roja y aparcamos delante de una puerta lateral. Mi padre sacó de la guantera una carpeta y cogió mi paraguas, porque estaba empezando a llover otra vez. Se bajó y entró en la nave, pero antes me volvió a repetir las mismas instrucciones que estoy harta de oír desde que era pequeña:

—Quédate un momento en el coche, que no voy a tardar. Cierra el seguro por dentro.

Yo no estaba nada conforme, pero no podía hacer otra cosa. Me quedé allí, mirando a los alrededores. Esa zona del polígono está bastante apartada y las pocas construcciones que hay son naves con formas geométricas muy simples. Contando el número de baldosas que abarcaba en la acera cada fachada, me resultó muy sencillo calcular la superficie y el volumen que ocupaban. El resto son parcelas rectangulares, aún sin edificar, en las que crecen matojos de muchos tipos.

Cerca de la nave roja hay otra más pequeña, pintada de azul, y en la puerta estaba aparcada una enorme furgoneta gris que no tenía visible la marca ni el modelo. No podía ser eléctrica, porque tenía un tubo de escape enorme. Estaba yo intentando calcular la gasolina que debía consumir cuando dos hombres que llevaban gafas negras y trajes muy claros salieron de la nave y cerraron una gran persiana metálica a sus espaldas. Uno de ellos era bajito, regordete y casi calvo, con algo de pelo oscuro en los laterales de la cabeza. El otro, además de ser mucho más joven y alto, era también rubio y musculoso. Inmediatamente me acordé de una película muy divertida en la que dos hombres parecidos a estos descubrían que eran gemelos, el más alto se llamaba Julius y el otro, que se llamaba Vincent, parecía mucho mayor. Así que decidí usar los mismos nombres. Julius se subió a la furgoneta en el asiento del conductor y esperó con la puerta abierta y una mano apoyada en el volante. Ahí fue cuando me di cuenta de que los dos llevaban el mismo tatuaje en el dorso de la mano izquierda, parecido a una gota de agua.

Vincent tiró al suelo una pelotita de color negro y comenzó a pisotearla. Parecía que quería romperla, pero como era bastante resistente, saltaba de un lado para otro con cada pisotón. Al final, salió despedida hacia unos arbustos de la parcela de al lado. Dijo algo señalando con el dedo, como pidiendo ayuda, pero Julius negó con la cabeza y le hizo señas para que subiese a la furgoneta, mientras arrancaba el motor. La lluvia ya era intensa. Entonces a Vincent se le cayó otra cosa al suelo. No pude verlo bien, pero estoy convencida de que era una pistola. La recogió, miró a su alrededor, como si quisiera comprobar que nadie le había visto, subió al asiento del copiloto y se marcharon.

En verdad, me quedé muy intrigada por lo que habían intentado romper. El aguacero era demasiado fuerte como para salir a buscarlo y además mi padre se había llevado el paraguas. Pero entonces vi que en la bandeja trasera del coche estaba el impermeable de Julia. Lo olvidó cuando llegamos a su casa, porque en ese momento no llovía.

Como siempre, mi padre estaba tardando mucho más de lo que me había prometido. No había nadie cerca y pensé que no pasaría nada por echar un vistazo. No sé si has llegado a ver el impermeable que le he devuelto hoy a Julia. Es horrible, de color fucsia con unas grandes margaritas de nueve pétalos rojos, lo que me recuerda que tengo que investigar cuántos pétalos tiene realmente una margarita y si las hay rojas. De todos modos, me lo puse, me cubrí la cabeza con la capucha y salí del coche. Tuve que pasar por delante de la nave azul para llegar a los arbustos donde había desaparecido la pelota. En la parcela había cientos de caracoles, que habían salido por la humedad, y para no pisarlos tuve que ir de puntillas, apartando las plantas con un pie mientras hacía equilibrios sobre el otro. Menos mal que estuve en una academia de danza cuando era pequeña.

Cuando conseguí localizar lo que buscaba, me di cuenta de que era un pequeño huevo de plástico negro. Estaba dividido en dos partes y al apretar una contra otra se oía un «clic». También tenía un agujerito en el centro del extremo más fino y grabado en un lateral había un logotipo que en ese momento no pude distinguir. Supuse que sería una linterna de las que regalan muchas empresas como publicidad. La pulsé muchas veces y se oía el clic, pero no conseguí que saliera ninguna luz del orificio. Pensé que Vincent había conseguido romperla.

Volví al coche mientras intentaba distinguir la inscripción. No era fácil, porque tenía una tipografía inusual y además mezclaba letras mayúsculas con minúsculas de una forma poco común. Me llevó un rato quitarme el barro de los zapatos y otro más leer la palabra grabada: «LiVYOs». En ese momento, mi padre volvió al coche, me devolvió el paraguas y puso rumbo a casa, disculpándose con su típico:

—Perdona cariño, he tardado más de lo que pensaba.

Comimos lo que mamá había preparado por la noche, que en verdad eran unas albóndigas en salsa bastante ricas a pesar de estar recalentadas en el microondas, y enseguida le dije a mi padre que tenía mucho que estudiar, porque estaba deseando subir a mi cuarto para investigar en Internet qué demonios podía significar esa palabra. Encontré algunas personas y empresas con nombres parecidos, pero ninguna que tuviese un logotipo como el que estaba grabado, ni que utilizara las mayúsculas y minúsculas del mismo modo. También probé a teclear directamente la palabra con las terminaciones .com y .net pero sin encontrar nada que me sirviera para aclarar dudas. Por eso te pedí que convencieras a tu abuela de invitarme a comer hoy. Quería enseñarte la linterna y que me ayudes a investigar de dónde puede venir. ¡Y de repente me he encontrado con esos hombres esperando en la puerta del colegio!

3

Estática

Diego escuchó pacientemente el relato de Alis, sin interrumpir aquella exposición atropellada, mientras bajaban caminando hasta su casa. Estaba relativamente impactado por lo ocurrido en el patio del colegio. Ella le había explicado en voz baja que unos hombres extraños la estaban esperando a la salida, pero debieron marcharse rápidamente, porque cuando él se asomó ya no estaban y ambos pudieron abandonar el colegio con normalidad. Ahora que había terminado de escuchar la historia vivida por Alis el lunes, tenía claro que ella creía haber sido acechada a la salida por esos «gemelos» con intención de recuperar el dichoso huevecillo, lo que también explicaba que durante todo el camino Alis mirase continuamente hacia atrás, para asegurarse de que nadie les seguía. Las nubes habían desaparecido poco a poco, a medida que bajaban, abriendo paso a un sol primero tímido y luego espléndido.

—Pero hay algunos detalles que no me terminan de convencer —objetó Diego—. Si esta cosita es solo un reclamo publicitario que esos tipos tiraron por ahí —continuó mientras volteaba el objeto entre sus dedos—, no debe importarles tanto como crees. Y si se tomaron la molestia de ir a buscarte a la escuela, ¿por qué se fueron tan rápido?

Alis iba a contestar cuando pareció cambiar de tema.

—Acabo de recordar que al verles apreté fuerte la linterna, dentro del bolsillo, y noté una vibración —respondió con una sonrisa nerviosa.

Arrebató el aparato a Diego, lo puso en la palma de su mano y la cerró con fuerza. Uno... dos... tres segundos... ¡Allí estaba!

—¡Lo ha vuelto a hacer! ¡Te lo había dicho! ¡Esto no es una linterna!

—Okey, tú ganas. Veremos qué averiguamos esta tarde, pero ahorita hay que comer.

Habían llegado a la casa. Diego cedió el paso a su amiga, pero se detuvo y se giró para mirar arriba, hacia la Alhambra.

—Desde que mis papás se murieron y tuve que venirme para acá con mi abuela, esta imagen me da consuelo. Siento que este es mi lugar ahora —dijo casi para sí mismo.

Alis permaneció en silencio, sin saber qué contestar. Le pareció raro que Diego mencionara abiertamente un tema del que siempre evitaba hablar. Después de una breve pausa, ambos entraron en la casa.

—¡Qué preciosa estás!

La abuela de Diego era una mujer de pelo blanco y ojos claros que vestía una enlutada bata de casa. Abrazó a Alis con fuerza, le plantó un par de besos en las mejillas y añadió:

—Tú estás siempre invitada. Puedes venir a comer cuando quieras. Y si algún día tu padre no puede recogerte no hace falta ni que avises, tú te vienes con Diego y Santas Pascuas. Entrad al salón, que en diez minutillos termino la comida.

Ambos se sentaron en un sofá, junto a la ventana, mientras la abuela desaparecía en dirección a la cocina. Sobre una mesita rinconera había un ordenador portátil, un bolígrafo, un trapo y un soporte hecho con alambre, del que colgaba un hilo que terminaba con una bolita de papel de aluminio arrugado. Diego se sintió obligado a explicar la presencia de semejante montaje:

—Ya sabes que me gusta ir un paso por delante de las clases. Como dijo Irene, los electrones no están fijos. Frota bien este bolígrafo con el trapo y muchos electrones de los átomos de la tela se pasarán al boli. Como sus átomos siguen teniendo los mismos protones pero ahora hay más electrones, agarra carga negativa. A la tela le pasa lo contrario: tiene los mismos protones pero menos electrones, y por eso tiene carga positiva.

Mientras seguía las instrucciones y frotaba enérgicamente el bolígrafo contra el tejido, la mente de Alis visualizaba elaboradas imágenes de electrones volando de un lado para otro como abejas de colmena en colmena.

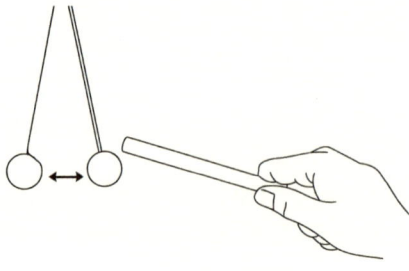

—Esta idea me la apunto: cuando un material tiene carga positiva no es porque haya ganado protones sino porque ha perdido electrones... interesante —pensó en voz alta.

—Se llama electricidad «estática», porque hay una acumulación de cargas que no se están desplazando de un sitio para otro. Ahora acerca despacito el boli al papel de aluminio —dijo Diego.

A medida que se aproximaba, el aluminio parecía sentirse atraído hacia el bolígrafo, hasta que se tocaron y entonces se separaron. A partir de ahí, cuanto más se acercaba uno, más se apartaba la otra.

—Al tocarse, una parte del exceso de electrones del bolígrafo pasó a la bolita y ahora los dos tienen carga negativa. Como tienen el mismo signo, se repelen.

—*Sentarse* a comer, que ya está la sopa —ordenó una voz desde la cocina.

Sobre la mesa del comedor estaban simétricamente colocados tres servicios, formados cada uno por dos platos de porcelana blanca, cuchara y tenedor de acero inoxidable, un vaso de cristal y una servilleta rosada de tela, a juego con el mantel. También había una bandeja con trozos de pan y otra con naranjas, manzanas y plátanos.

—¿Le dio lugar para hacer croquetas, Lita? —gritó Diego.

—No seas impaciente. Primero la sopa —la abuela volvía agarrando con las dos manos una gran sopera, de la misma porcelana que los platos.

Alis tuvo que responder durante el almuerzo a un sinfín de preguntas sobre sus vacaciones de verano y sobre su familia: el viaje a Nueva York, el inestable trabajo de su padre, los pacientes de su madre, la peligrosa misión que mantenía a su hermano mayor en un país extranjero. Para el segundo plato apareció una bandeja con esas croquetas de bechamel que volvían loco a Diego y que fueron rápidamente masacradas. El postre era sólo fruta (¡puaj!), ya que en esa casa no parecía haber rastro del chocolate o las galletas que ella hubiese preferido.

—Lita, subimos al cuarto que tenemos que hacer una tarea para la escuela —justificó Diego mientras se levantaba y cogía su portátil de la rinconera del salón.

—Si vais a trabajar con el ordenador, *salirse* a un banco del paseo, que ha abierto el día y estaréis mejor que aquí encerrados. Y *llevarse* unas manzanas.

Diego miró por la ventana y tuvo una idea mejor.

—Okey, pero mejor iremos al mirador de Los Carvajales, ¿lo conoces? —preguntó mirando a Alis.

—No me suena…

—Es mi lugar favorito del Albaicín. Hay sitio para sentarse y muchas veces se puede estar solo, no como en San Nicolás.

Alis conocía el famosísimo mirador de San Nicolás, pero no le gustaba mucho debido al gentío que solía congregarse allí.

—Vale. Me llevo la mochila porque a las seis me recoge mi padre en el mercado de San Agustín —respondió.

4

Eróstrato

Estar siempre rodeado de inútiles es el precio que tengo que pagar por deslizarme sigilosamente en esta sociedad mediocre, trufada de pequeñas criaturas alienadas. Es la maldición que sufrimos las mentes brillantes, obligadas a servirnos de peones incapaces de ejecutar tareas tan simples como destruir un insignificante artefacto de plástico. Cuando pronto vuelva a mostrarme en público, seguiré dependiendo de mis alacranes, torturadas criaturas que rescaté del fango y cuya fidelidad, fuera de toda duda, sólo es comparable a su incompetencia.

Me costó mucho tiempo y esfuerzo sacar de la ruina mi pequeña mina de celestina y extraer de ella suficiente estroncio como para hacerla rentable y proporcionarme los recursos que necesitaba. A partir de ahí, pude costear mis múltiples cirugías en el extranjero, superar el dolor, reclutar alacranes y comprar un *carmen* en pleno corazón del Albaicín, donde he permanecido oculto los últimos años entre cipreses, adelfas y geranios para dedicarme en exclusiva a diseñar mi vuelta y conseguir por fin lo que realmente merezco. El torreón de la casa, donde me encuentro ahora, está insonorizado y por eso es mi segundo lugar favorito para aislarme y pensar. Aquí tengo, además de un sofá, la mesa del ordenador, la estantería con los libros que estoy leyendo y una pequeña despensa para poder picar algo cuando me apetece sin tener que bajar a la cocina. Y sobre todo el ventanal, con una vista de la Alhambra que me sigue sobrecogiendo cada atardecer. Para completar mi rincón ideal, hice instalar en el techo del torreón una cúpula transparente y en su interior un telescopio motorizado que puedo controlar desde el móvil, aunque la contaminación lumínica de la zona es tan alta que apenas permite observar con detalle la luna y algunos planetas.

Pero vivir aquí tiene otro par de inconvenientes.

El primero es Ceci, el perro que el anterior propietario me obligó a aceptar: un bodeguero que, cada vez que me ve, se dedica a agasajarme con saltos y cabriolas que demuestran un entusiasmo exasperante y, por supuesto, injustificado. No lo soporto. Le pongo el tazón de comida en el rincón más alejado del patio sólo para conseguir que me deje en paz de vez en cuando. Esta tarde encontró una vieja pelota de tenis detrás de una maceta que debía llevar años ahí y me la trajo en la boca hasta la hamaca en la que me había sentado a leer, junto a la piscina. Ante su insistencia, agarré la pelota y la lancé hacia el jardín. Salió disparado como alma que lleva el diablo y enseguida estaba de vuelta con ella, feliz e implorando sumisamente la repetición de la jugada. Volví a lanzarle la pelota varias veces hacia el mismo sitio, pero mi imaginación nunca se detiene. Sin darle tiempo a pensar, dirigí el siguiente lanzamiento directo al centro de la piscina y hacia allí saltó con la misma alegría estúpida que las veces anteriores. Ver su cara en el aire mientras se daba cuenta de que ya era tarde para rectificar ha sido el mejor momento del día. ¡Todavía me estoy riendo! Me pregunto cómo habrá conseguido salir.

El otro incordio son los turistas que vienen a fotografiarse junto al aljibe de Trillo, apenas unos metros bajo la ventana de mi dormitorio. Sus chillonas voces interrumpen mis pensamientos, obligándome a imaginarles muriendo aplastados por el derrumbe de los muros adyacentes, siendo arrastrados hacia el infierno por diabólicas fauces que surgen de la boca del aljibe o huyendo achicharrados por el lanzallamas que guardo en el garaje. A veces, quienes se hacen las fotos son parejas recién casadas, todavía con sus trajes de boda, deseosos de inmortalizar el momento como si fuese algo que mereciese ser recordado. Y es entonces cuando me consuelo pensando en esos vulgares personajillos, capacitados únicamente para darle a la humanidad el negro fin que se merece. Antes de que llegue ese momento, reclamaré mi puesto en la sociedad.

Por eso me regocijo revisando una y otra vez los detalles de mi plan, porque así me doy cuenta de la genialidad que encierra. Detalles nimios, aparentemente inconexos, que se irán sumando uno tras otro hasta llevarme de forma legal a burlar unas leyes absurdas, diseñadas para frenar el progreso.

Aún así, en una semana decisiva como ésta, tuve que malgastar la tarde de ayer lunes tratando de corregir el error cometido por mi par de torpes ayudantes, débiles muletas en las que sin embargo necesito apoyarme.

Después de que admitieron no saber si el HSM había quedado inservible, les castigué con una merecida tanda de descargas eléctricas. Nunca me alegraré lo suficiente de haber diseñado y encadenado a sus muñecas mis relojes «especiales», porque además de que me permiten comunicarme con ellos y me dicen dónde se encuentran en todo momento, puedo aplicarles estos «correctivos» cada vez que meten la pata. Quizá me pasara un poco esta vez, no estoy seguro, pero cuando aceptaron trabajar para mí ya sabían que los errores se pagan. Como yo tengo que pagar mi error al confiarles la destrucción de un simple cachivache. Parecía una tarea tan sencilla…

Pero la búsqueda de la perfección me obliga a no dejar cabos sueltos. Revisé las grabaciones de la cámara de seguridad del exterior de la nave y no me llevó mucho tiempo encontrar una pista. Al poco de marcharse la furgoneta con mis alacranes a bordo, una niña cubierta por un espantoso chubasquero de flores atravesó el monitor de derecha a izquierda primero y en sentido contrario poco después, llevando esta vez en su mano el maldito cacharro. Aunque una capucha ocultaba totalmente su cabeza, congelé la imagen que parecía más nítida y la amplié. De repente sentí una conmoción en mi cerebro al reconocer el estampado de la falda, que apenas asomaba por debajo de la horrible prenda. El infame colegio Lauderat parecía dispuesto a inmiscuirse de nuevo en mi vida. Que así sea, pensé. Veremos quién gana esta vez.

Estaba furioso. Agarré mi teléfono móvil con rabia para pulsar sobre la pantalla el pequeño icono de una reluciente antorcha. He disfrutado mucho desarrollando este plan, pero nada comparable con el secreto placer de ponerlo en marcha. Mi aplicación «Eróstrato» se abrió, mostrando sobre el mapa diez puntos rojos. El marcado con el número uno parpadeaba, indicando que mis alacranes ya habían colocado la furgoneta en posición. Mi dedo pulgar osciló a un centímetro escaso del pequeño círculo que intentaba seducirle con su intermitencia. Por fin había llegado el momento. La distancia se redujo entonces a cinco milímetros. Tres. Uno. Cero. Noté el frío contacto del cristal. Había comenzado. Me mantuve en tensión durante varios minutos, hasta que el punto dejó de parpadear y su color cambió a verde, indicando que todos los drones habían vuelto a la furgoneta. Ya no había marcha atrás.

Me senté frente al ventanal para relajarme y disfrutar del atardecer. El interior del torreón se fue oscureciendo poco a poco hasta quedar iluminado únicamente por las luces nocturnas de la Alhambra. Esperé casi una hora, para que mis ayudantes se alejasen lo suficiente del punto uno, antes de enviar a sus relojes la fotografía que había obtenido de la ladrona, junto con la ubicación del colegio Lauderat.

Les ordené esperar hoy a la salida del colegio para seguir a la dueña del horrendo chubasquero hasta su casa y recuperar el HSM. Veo que ahora mismo están frente al Palacio de Deportes, pero aún no se han comunicado conmigo y pronto será la hora en que tengan que conducir hasta el punto dos para que mi fiel Eróstrato continúe su implacable labor, haciendo que las llamas devoren otro pedazo de bosque como si del mismísimo templo de Artemisa se tratase, anunciando con su destrucción la llegada de Alejandro Magno.

★★★

Tras regresar a la furgoneta, el más joven lanzó una moneda al aire, la atrapó y la mostró a su compañero.

—Te toca decírselo.

—Dale la vuelta, no vaya a ser tu famosa monedita de dos caras —respondió el otro.

Con una mueca de fastidio al comprobar que no había trampa aparente, pulsó el botón de comunicación en el reloj de su muñeca derecha y siguió hablando, ahora con voz engolada.

—Buenas tardes jefe, hemos registrado el cuarto de la chica, pero no lo hemos encontrado. Yo creo que debe de estar roto, porque no detectamos señal *bluetooth* ni al seguirla ni en toda la casa. Ya le dije que lo pisé varias veces con fuerza.

—«No te pago para creer» —fue el mensaje que apareció en la pantalla del reloj, reemplazado poco después por una pregunta— «¿Está *Delta* contigo?»

Al mismo tiempo, el reloj del joven mostró algo similar:

—«¿Está *Alfa* contigo?»

Se miraron resignados. Sabían que no podían mentir y que esta vez el castigo no iba a ser únicamente para quien había informado del fracaso.

—«Sí» —respondió cada uno en su dispositivo, al tiempo que se preparaban tensando los músculos.

Durante unos segundos que les parecieron eternos, legiones de electrones abandonaron las pequeñas baterías de sus relojes produciendo descargas de miles de voltios. Sus cuerpos se sacudían mientras intentaban disimular para no llamar la atención de los viandantes que a esa hora transitaban por la calle secundaria en la que habían aparcado.

—«Poneos en camino» —fue el mensaje que acabó con las descargas y la conversación.

Necesitaron varios minutos hasta que su respiración volvió a ser calmada y pudieron iniciar el viaje, cada uno sumido en sus propios pensamientos. Durante muchos kilómetros el navegador les condujo por la misma ruta del día anterior, hasta que alcanzaron el desvío hacia el punto dos. Poco antes de llegar, Alfa preguntó:

—¿Alguna vez has pensado en cortar la correa del reloj y huir?

Era una pregunta sorprendente, teniendo en cuenta que nunca hablaban de temas personales y que cualquier deslealtad podría ser duramente castigada. El joven Delta recordó las poderosas razones que le habían llevado a aceptar aquella situación cercana a la esclavitud y a dejarse tatuar un alacrán en el brazo izquierdo, cuya larga cola culminaba en un aguijón sobre el dorso de la mano. Respondió sin dudarlo:

—No. ¿Y tú?

—Bueno, nunca pensé que tendría que perseguir niñas por la calle ni allanar casas para registrar habitaciones infantiles… Pero no. Yo tampoco me lo planteo.

5

HSM

Tras coger una manzana cada uno y despedirse de la abuela, Alis y Diego salieron al paseo, tomaron la Carrera del Darro y subieron la Cuesta de Santa Inés. Aquellas estrechas calles adoquinadas provocaban en Alis una extraña sensación de pertenencia a un remoto pasado.

—Cuéntame lo que averiguaste ayer sobre esa supuesta empresa «LiVYOs» —Diego se movía con soltura por el barrio, girando a izquierda aquí y a derecha allá.

—No encontré nada. Tan sólo me extrañó que en la dirección livyos.net aparecía una página completamente negra. Nunca había visto algo así.

Al poco estaban subiendo una estrecha escalera empedrada. Dieciocho peldaños más arriba, según las cuentas de Alis, giraron hacia la derecha y allí estaba la Placeta de Carvajales con sus árboles de hoja caduca, su estrecha alberca central y una espectacular vista de la Alhambra, con la torre de La Vela en primer plano y la de Comares al fondo.

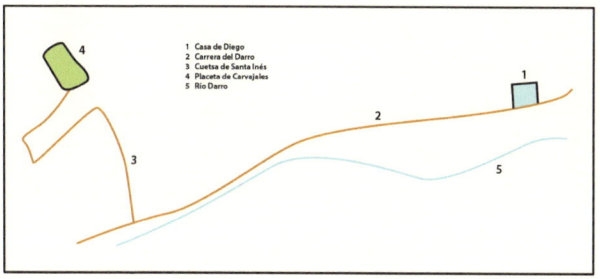

1 Casa de Diego
2 Carrera del Darro
3 Cuesta de Santa Inés
4 Placeta de Carvajales
5 Río Darro

—Pues sí que es bonito este sitio —confirmó.

—¿Qué te dije? Sentémonos aquí —Diego señaló el borde de la alberca más próximo al mirador y abrió su portátil.

En uno de los bancos de piedra, un joven con rastas acariciaba su guitarra con acordes tan suaves que parecía tocar para sí mismo. Diego conectó a Internet el ordenador con su teléfono móvil y tecleó en la barra de dirección del navegador:

livyos.net

Enseguida, la pantalla quedó completamente negra, como ambos esperaban, pero entonces el chico hizo algo más: comenzó a mover el puntero del ratón en círculos, como si quisiera señalar algo que estuviese oculto en esa negrura. Y al parecer lo encontró, porque había una pequeña zona donde la forma del puntero dejaba de ser una flecha para convertirse en una mano que señalaba algo. En su rostro se dibujó una sonrisa de triunfo casi tan grande como el asombro de Alis.

—Localicé un enlace, pero antes de pulsarlo averigüemos a dónde nos quiere llevar.

Pulsó el botón secundario del ratón sobre el fondo negro y en el menú contextual eligió la opción «*Mostrar el código fuente de la página*». En una ventana auxiliar apareció lo siguiente:

```html
<html>
   <head>
      <title>livyos.net</title>
   </head>
   <body bgcolor="#000000" link="#000000" vlink="#000000" alink="#000000">
      <h1>LiVYOs</h1>
      <a href="access.html">Access</a>
   </body>
</html>
```

—¡Ajá! Nos lleva a una página de acceso… —afirmó.

—¿Eso lo sabes mirando este rompecabezas? —preguntó Alis.

—En realidad es una página muy sencilla, se nota que está hecha a mano —dijo al darse cuenta de que iba a tener que explicarse mejor—. A ver, todas las páginas web de Internet utilizan el lenguaje HTML, que está formado por «etiquetas» o «*tags*» escritas entre los signos «menor» y «mayor».

Alis no quiso interrumpir la explicación, pero le intrigaban las siglas HTML, que debían ser las iniciales del verdadero nombre de ese lenguaje. Tendría que investigarlo.

—En todas las páginas web, la primera etiqueta siempre va a ser <html> y la última </html>, que es igual pero con una barra delante para indicar que ahí se acaba la etiqueta. Significa que todo lo que esté escrito entre las dos es un documento HTML. Dentro están <head> con </head>, que delimitan la «cabecera» del documento, y <body> con </body> que determinan el «cuerpo», o sea, lo que vemos realmente en la página —mientras describía cada elemento HTML, lo señalaba con el puntero del ratón—. Dentro de la cabecera, entre <title> y </title> está escrito «livyos. net», que lo podemos ver aquí arriba, en el título de la ventana del navegador. Pero en este caso lo más interesante es el cuerpo: aunque tiene un encabezado <h1> con el nombre de la empresa…

—¡Y con la «i» y la «s» en minúsculas, como el logotipo de la linterna! —exclamó Alis eufórica.

—Vaya, pues eso sí que parece importante —admitió Diego—. Pero lo que quería decir es que la etiqueta <a href…> indica la página a la que saltaremos al pulsar el enlace, y se llama «access.html», o sea, que aparentemente es una página HTML que nos dará acceso a algo…

—Perfecto, pero lo que no entiendo es por qué se ve todo negro —objetó Alis.

—Es porque en las páginas normales el texto suele ser negro sobre un fondo blanco o de color claro. Aquí han puesto el fondo negro a propósito para que sea del mismo color que el texto y quien llegue por casualidad a esta página piense que está vacía o que es defectuosa.

—¿Cuál es la etiqueta del negro? —la pregunta venía de quien ya se veía capaz de comprender mínimamente el lenguaje HTML.

—Bueno, no es exactamente una etiqueta, sino el «atributo» bgcolor de la etiqueta <body>. Donde pone bgcolor="#000000" está diciendo que el color de fondo debe ser el negro.

—¿El negro son seis ceros?

—Pues sí… —el muchacho estaba evaluando si cortar ahí la explicación o seguir un poco más. Suspiró y optó por lo segundo—.

Esta forma de representar los colores se llama RGB, las siglas en inglés de rojo, verde y azul. Los colores que aprecia el ojo humano se pueden definir diciendo qué cantidad llevan de rojo, verde y azul. El negro lleva cero cantidad de rojo, cero de verde y cero de azul.

—Entonces deberían ser tres ceros y no seis, ¿no?

—Pues no, son dos ceros por cada uno… —un nuevo suspiro escapó entre los rollizos mofletes del muchacho—. Es porque los ordenadores almacenan la información en forma de bits, que son como interruptores que solo pueden tener dos valores: apagado o encendido, cero o uno. Por este motivo, en informática muchas veces lo más conveniente es usar sistemas basados en potencias de 2, como el sistema *binario*, que se basa en el número 2, o el *hexadecimal*, basado en el número 16, que es 2 elevado a 4.

Al ver cómo la cara de Diego iba cambiando de color, Alis replicó:

—No te preocupes, ya investigaré por mi cuenta el sistema hexadecimal y el RGB. Vamos a seguir avanzando.

—Okey —respondió aliviado el chico—. Volvamos a «livyos. net». Aunque no se vea, el texto realmente está ahí y pulsando el enlace nos tiene que llevar a la página de acceso, o al menos eso creo.

Sobre la ventana totalmente negra, volvió a localizar el lugar donde el puntero se convertía en una mano y pulsó el enlace invisible. Apareció otra página, también con fondo negro, pero donde el nombre LiVYOs se veía claramente, dibujado con un extraño patrón de colores. También se solicitaban unas credenciales de acceso.

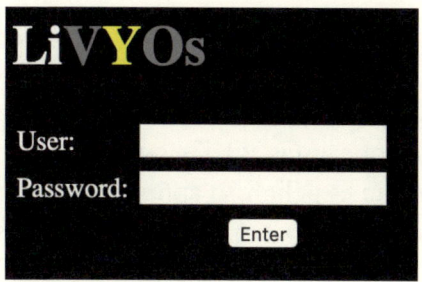

—Necesitamos un usuario y una contraseña para seguir. Probaré los más comunes…

Lo intentó con el usuario «admin» sin contraseña, pero aparecía el mensaje «*Password can't be empty*». Entonces lo tanteó con las contraseñas «admin» y «1234», pero el mensaje era ahora «*Access denied*». El usuario «livyos» también era rechazado, al menos con las contraseñas más simples que se le ocurrieron en ese momento.

Mientras su amigo tecleaba, Alis no dejaba de jugar con el huevecillo. Lo volteaba entre sus dedos, lo lanzaba al aire, lo apretaba entre el pulgar y el índice repetidamente para escuchar los «clics», o lo mantenía pulsado durante unos segundos para sentir cómo vibraba… Notó que, para que la vibración se repitiese, tenía que dejarlo «descansar» aproximadamente un minuto.

—¿Se te ocurre alguna contraseña que pudiera probar?

Alis sacó de la mochila el cuaderno que había utilizado en clase y buscó en sus anotaciones.

—Prueba el usuario «livyos» con la contraseña «3233976» y con «141».

Diego la miró perplejo y sin preguntar hizo ambas pruebas. La página seguía denegando el acceso.

Entretanto, el joven de la guitarra se había acercado hasta ellos y parecía enfadado:

—Siento que os disguste mi música, pero me parece de muy mala educación que uséis un láser para molestarme. Además, deberíais saber que es peligroso apuntar esos chismes a los ojos.

No les dio tiempo a responder, porque tras increparles se marchó inmediatamente. Quedaron pensativos, intentando entender lo que acababa de ocurrir. Entonces Alis apretó una vez más el huevecillo entre sus dedos índice y pulgar izquierdos, pero esta vez apuntando el agujerito hacia su mano derecha. Cuando vibró, ambos pudieron ver claramente sobre la sudorosa palma un número de ocho cifras, proyectado en color rojo. Estaba tan nerviosa que el artilugio se le cayó y fue rebotando por las piedrecillas del suelo varios metros. Lo recuperaron, esperaron un minuto y repitieron la operación. Esta vez apareció un número diferente, también de ocho dígitos.

—Creo que la linterna es en realidad un HSM. Es un dispositivo electrónico que puede guardar contraseñas y este las va generando secuencialmente, parece que una por minuto. Quizá estos números sean lo que necesitamos para entrar.

—Pero si van cambiando cada vez… —objetó Alis, mientras pensaba que tendría que investigar aquellas siglas.

—Significa que hay que usar la contraseña antes de que pase un minuto, no sirve de nada apuntarla en un papel y utilizarla más tarde. Probemos…

Mientras Alis calculaba mentalmente que con una nueva contraseña de 8 cifras cada minuto, podrían pasar más de 190 años antes de que el HSM repitiese una combinación, Diego se iba sintiendo frustrado porque no conseguía entrar con los usuarios «admin» ni «livyos».Y empezaba a tener hambre. Sacó su manzana y comenzó a mordisquearla.

—Prueba los usuarios «3233976» y «141», con la próxima contraseña que salga —sugirió Alis.

Para su sorpresa, el sistema aceptó al usuario «3233976» con la contraseña «77028769» y les mostró una nueva página titulada «*Welcome to LiVYOs*» con una tabla titulada «Common files» que contenía un listado de archivos.

—Parecen documentos de una empresa... pedidos... facturas...

El móvil de Alis comenzó a sonar y la cara de su padre apareció en la pantalla. Miró el reloj: las seis y diez.

—¿Puedes descargar todos esos archivos? —dijo mientras respondía la llamada—. ¡Hola papá! Ya estoy llegando...

—Venga, no tardes, que aquí no puedo tener parado el coche tanto rato... —se oyó la voz al teléfono.

—Ya llego, ya llego...

Su móvil se apagó por falta de batería. Miró a Diego, cuyo gesto era de desaprobación. En demasiadas ocasiones, Alis olvidaba recargar sus dispositivos y era imposible contactar con ella.

—Mándame los archivos al email del colegio, ¿vale?

Alis siempre se había preguntado por qué su email era adauro2@lauderat.com, ¿acaso antes que ella había estudiado en el colegio otra Alis, o un Antonio Dauro?

—Okey, descargaré los documentos por Wifi tantito regrese a casa, no quiero gastar más datos del celular.

—Perfecto. Me voy, hasta mañana... —echó a correr, pero enseguida se volvió con cara de «no tengo ni idea de dónde estoy».

—Bajando la escalinata hay que tomar a la derecha. Siguiendo todo recto, más o menos, se llega a la calle Elvira…

—Vale, desde allí ya sé orientarme hasta el mercado, ¡gracias!

A menos de 500 metros, en el torreón de un *carmen* cercano, un oscuro hombrecillo seguía desde el móvil la ruta de una furgoneta que había partido hacia el norte, esperando con ansia el momento en que pudiese pulsar en su móvil, por segunda vez, el rojizo icono de una fulgurante antorcha.

6

Arcángel

Belén, la madre de Alis, con frecuencia volvía tarde del hospital. Por eso preparaba cada noche la comida del día siguiente para su hija y su marido, mientras él se ocupaba de la cena y ambos comentaban los asuntos del día. Después, cenarían los tres en el comedor, coincidiendo con el informativo de la televisión.

Alis, por su parte, cuando llegaba a casa, solía subir a su cuarto para repasar las lecciones del colegio y, sobre todo, para «investigar» sus temas pendientes. Algunos los tenía apuntados en la mente. Otros en su cuaderno. Muchas veces, en una *nota* del móvil. Ese martes, los temas eran: la existencia de martillos en la antigua Grecia, el número de pétalos de las margaritas y su color, el sistema numérico hexadecimal, el método RGB para definir colores, el significado de las siglas HSM y HTML y, por supuesto, los documentos de LiVYOs que Diego le enviaría por correo electrónico. Esto último era lo que más le atraía: la posibilidad de encontrar algo interesante le producía un cosquilleo en el estómago que podía prolongarse durante horas.

Pero el único correo pendiente que tenía en el ordenador era uno que había recibido de Don Tomás días atrás, adjuntando la autorización de varias páginas que los padres de los alumnos debían firmar antes de partir a la excursión. La envió a la impresora de su padre, en el despacho de la planta baja, y cogió el móvil para escribir un mensaje a Diego reclamando los documentos, cuando se dio cuenta de que continuaba apagado y sin batería. Lo conectó al cargador y decidió buscar ella misma los documentos. Entró a livyos.net con el usuario «141» y la contraseña «54692170» generada en ese momento por el HSM. Pero encontró algo diferente a lo que había visto en el ordenador de Diego. El título de la página había cambiado a «Welcome to LiVYOs total access» y, además de la tabla «Common files», había otra titulada «Confidential files» con más archivos.

—Baja a cenar —gritó su madre desde la cocina.

No le daba tiempo a revisar y descargar tanta información, tendría que dejarlo para el día siguiente y centrarse en conseguir que su padre firmase la autorización. Mientras bajaba las escaleras, gritó:

—Papá, ¿puedo usar tu grapadora?

—Está encima de mi mesa —respondió él desde la cocina.

Alis fue al despacho para recoger y grapar los folios que había impreso, pero la grapadora estaba vacía. Sabía que una de las obsesiones de su padre era tener siempre recambio para todo, de modo que rebuscó uno por uno en los cajones de la mesa y efectivamente, al llegar al último, encontró una caja de grapas, que descansaba sobre la parte posterior de un cuadro. Sintió curiosidad, apartó la caja y le dio la vuelta al cuadro. Era mucho más alto que ancho y representaba a un personaje con armadura verde y una capa sujeta al cuello. Tenía alas azules y una gran lanza rematada en una cruz dorada, que esgrimía contra monstruosos lagartos, o quizá dragones. Destacaba la atención que el artista había prestado a los detalles: el encaje de lo que parecía una falda roja, las gemas engastadas en la cruz, el escudo, los broches que sujetaban la capa… Cogió el cuadro y fue a la cocina.

—Papá, esto parece muy antiguo, ¿quién es el personaje de la armadura?

—Es el arcángel San Miguel —respondió su madre—. Es una de las pinturas flamencas de la Capilla Real, junto a la Catedral de Granada. Y a tu padre se lo regalaron porque de ahí viene su nombre. Era el cuadro favorito de… —Belén dudó y miró a su marido.

—De tu abuela —completó Miguel.

—Podríamos colgarlo en el comedor —replicó Alis, encantada de conocer un dato nuevo sobre su familia.

—La verdad es que a mí me resulta un poco tétrico, por eso lo tengo en un cajón. Es mejor que se quede ahí.

—Venga, vamos a cenar que es la hora de las noticias —dijo Belén.

Alis devolvió el cuadro al cajón del despacho, cargó la grapadora, unió las páginas de la autorización para la excursión, tomó un bolígrafo que había por allí y se dirigió al comedor.

Sus padres ya estaban sentados a la mesa. Ver el informativo durante la cena y comentar las noticias era un ritual que raramente se saltaban. Alis puso las hojas grapadas y el bolígrafo en la mesa junto a su padre, que los apartó sin mirarlos.

Mientras comían, en la televisión aparecieron imágenes de un bosque en llamas:

—«Al parecer, el incendio producido ayer en la Sierra de Cazorla fue provocado. La Guardia Civil se ha hecho cargo de la investigación» —se escuchó la voz de la locutora.

—Insisto en que Alis no debe ir a esa excursión —dijo Miguel enojado, dirigiéndose a su mujer.

—Esta conversación ya la hemos tenido. Si de verdad es peligroso, el propio colegio va a suspenderla. Pero no hay razones *objetivas* para impedir que tu hija vaya con sus compañeros.

A Alis no le gustaba que sus padres decidieran sobre ella sin consultarle, ni las conversaciones que se desarrollaban como si no estuviera presente. Pero cuando ocurría, no servía de nada intervenir.

—Tengo mis motivos, no hace falta que te los explique —replicó su padre.

—¿Sabes que yo no conozco Salamanca porque mi madre tenía miedo de que su hija fuera a las excursiones del colegio? A la mía no le va a pasar lo mismo.

—Podemos ir a Cazorla cuando queramos —insistía él—. Y a Salamanca.

Belén cogió el bolígrafo, firmó la autorización y se la dio a Alis, ante la mirada desaprobadora de Miguel.

7

Deuterio

La mañana del miércoles, el móvil de Alis estaba cargado y en su pantalla había varios mensajes enviados por Diego la tarde anterior. Su amigo se quejaba de que, al volver a casa, no pudo entrar a livyos.net para descargar los documentos porque la contraseña que había utilizado ya no servía y le pedía que generase una nueva con el HSM. Alis se limitó a responder con una breve disculpa, porque tenía el tiempo justo para desayunar antes de salir con su padre hacia el colegio.

Durante el trayecto, escucharon en la radio del coche la noticia de un segundo incendio en la Sierra de Cazorla. Por alguna razón que no lograba comprender, desde el primer momento su padre se había negado rotundamente a permitirle ir a esa excursión y, aunque había obtenido la autorización de su madre, esto podía revertir la situación.

Como de costumbre, se detuvieron para recoger a Julia, que a esas horas solía estar bastante optimista y dicharachera. Sin embargo, parecía ensimismada y no dijo nada hasta pasado el túnel del Serrallo, cuando ya estaban subiendo la empinada cuesta hacia la Alhambra:

—Ayer nos asustamos mucho porque una vecina vio salir a unos hombres de nuestra casa. En realidad no sabemos si es verdad o se lo ha inventado, porque estuvimos mirando por todas partes y no parece que hayan robado nada. Es muy vieja y mi madre dice que está loca. Por eso no hemos ido a denunciar.

Los ojos verdes de Alis se abrieron en toda su amplitud y sus pálidas mejillas viraron a un rosado intenso, porque eso explicaría la repentina desaparición de los gemelos el día anterior de la puerta del colegio: quizá habían seguido a Julia en lugar de a ella, o más bien, habían seguido a un impermeable fucsia con flores.

—Seguro que es una confusión, a veces les pasa a las personas mayores —intervino su padre, intentando quitar importancia al problema.

Pero Alis necesitaba descartar lo antes posible la hipótesis que rondaba por su cabeza, a la vez que masajeaba disimuladamente sus mejillas intentando disipar el calor que irradiaban.

—Si al menos tuvieseis una descripción detallada de los supuestos asaltantes… algo concreto que poder contarle a la policía… —sugirió tímidamente.

—Dijo que no les vio de cerca, pero que eran dos hombres trajeados y con gafas de sol. Suena bastante raro que unos ladrones lleven traje… —fue la respuesta.

Las peores sospechas de Alis se confirmaban. Sintió que ella era la única responsable de aquella situación y tuvo que esforzarse para evitar que sus manos comenzaran a temblar. Su rostro se tornó de un rojo incontrolable, aunque nadie la miraba en ese momento. Se obligó a respirar profunda y lentamente hasta conseguir que sus latidos volviesen a un ritmo cercano a la normalidad. Debería encontrar un modo de arreglar el problema que había creado.

Llegaron pronto y el coche se detuvo en el aparcamiento. Julia, que había dado por zanjado el asunto de su vecina loca, agarró su mochila y bajó. Alis hizo lo mismo, tras despedirse de su padre con un beso. Pero no paraba de pensar que, sin querer, había expuesto a Julia y a su madre a un gran peligro. Bajaron la cuesta sin hablar hasta entrar al palacio por la enorme puerta, atravesar el patio de columnas —seguía habiendo 32— e incorporarse al flujo de alumnos que se distribuía entre las aulas.

La primera clase del miércoles era con Irene, quien comenzó proyectando de nuevo la tabla periódica, entrelazando sus manos y preguntando con su perspicaz mirada:

—En la clase anterior mencionamos un par de ideas fundamentales, ¿alguien quiere recordarnos cuál era la primera?

Además de los habituales (Diego, Alis, Julia…) esta vez Javi también levantó la mano. La profesora le miró con aprobación.

—Hay muchos tipos distintos de átomos, y cada uno tiene en el centro un núcleo formado por protones y neutrones y también tiene unos electrones que se mueven a su alrededor —había pronunciado la frase de corrido, sin respirar, lo que indicaba claramente que la había memorizado—. Es como si hubiera una colmena en el centro de un campo de fútbol, que es el núcleo, y unas abejas volando alrededor que son los electrones —añadió.

—Recordad que usamos este símil para entender un poco mejor la estructura de los átomos, pero no os lo toméis al pie de la letra, ¿de acuerdo? —aclaró Irene mirando en general a toda la clase, para luego volver a Javi— ¿Se te ocurre algún otro nombre para los distintos tipos de átomos?

—Elementos —respondió tras dudar unos segundos.

—¡Perfecto! ¿Alguien nos recuerda la segunda idea? —volvió a preguntar.

—Lo que diferencia un átomo de otro, quiero decir un elemento de otro, es el número de protones que tiene en el núcleo —respondió Alis.

—¡Muy bien! Ya estamos listos para avanzar un poco más. Vamos con la tercera idea: en principio, los átomos son eléctricamente neutros. Esto significa que un átomo de litio —dijo señalando al tercer elemento de la tabla— además de tener tres protones en su núcleo-colmena, también tendrá tres electrones-abeja volando a su alrededor.

—Pero usted dijo ayer que si los electrones estuvieran siempre fijos no existiríamos —se quejó Julia.

—Correcto. Por eso he añadido «en principio». Mañana profundizaremos en ello, pero hoy vamos a empezar considerando que cada átomo tiene el mismo número de protones que de electrones.

Alis recordó el experimento en casa de Diego y levantó la mano. Enseguida recibió permiso para hablar:

—Hay algo de lo que explicó ayer que no consigo entender. Si las cargas eléctricas del mismo signo se repelen. ¿Cómo puede ser que los protones tengan carga positiva y estén todos juntos en el núcleo?

—Me alegro mucho de que me haga usted esa pregunta —dijo la profesora, imitando el tono engolado de los entrevistados en televisión— porque nos lleva a la cuarta idea: para que los protones se mantengan unidos en el núcleo, sin repelerse, hacen falta neutrones. Cuantos más protones tenga el núcleo de un elemento, también será mayor el número de neutrones que necesita para mantenerse unido, *estable*.

—Entonces, como el hidrógeno tiene un solo protón… —dijo Javi casi como una reflexión en voz alta.

—Tienes toda la razón —continuó Irene—. El núcleo del hidrógeno es el único que no necesita neutrones para mantener su estabilidad. Aún así, existen átomos de hidrógeno con uno o dos neutrones que químicamente se comportan igual que sus compañeros, aunque pesan el doble o el triple. Lo que nos interesa por el momento es que, aunque todos los átomos del mismo elemento tienen igual número de protones y de electrones, pueden tener distinto número de neutrones y por tanto un peso diferente. A esos átomos que son del mismo elemento, pero tienen distinto peso, se les llama «isótopos» y se nombran contando el total de partículas de su núcleo. Por ejemplo, el isótopo que tiene un protón y un neutrón se llama hidrógeno-2, pero además tiene un nombre propio…

Pepe miró a la tabla periódica, sumó uno más uno, y gritó:

—¡Helio!

Alis estaba distraída pensando cómo devolver el HSM a aquellos hombres para que dejasen a Julia en paz, mientras que a Diego casi se le escapa una carcajada al escuchar la ocurrencia de Pepe. Sin embargo, se contuvo al ver que muchos alumnos daban por buena aquella respuesta.

—¡Buen intento! Pero no… —la profesora de nuevo trataba de corregir el desaguisado sin desanimar la participación—. El Helio tiene dos protones y por tanto es un *elemento* diferente, no es un isótopo del hidrógeno. El nombre propio del isótopo hidrógeno-2 es *deuterio*. Y el hidrógeno-3 se llama *tritio*. Para representar el símbolo químico de un isótopo concreto, ponemos su número en superíndice delante del símbolo químico —aclaró mientras escribía en la pizarra:

$$^2H = \text{deuterio}$$
$$^3H = \text{tritio}$$

A continuación, proyectó un esquema donde se comparaban los tres isótopos del hidrógeno. También aparecían dibujados el helio-3 y el helio-4. Les dejó un tiempo para tomar notas antes de continuar.

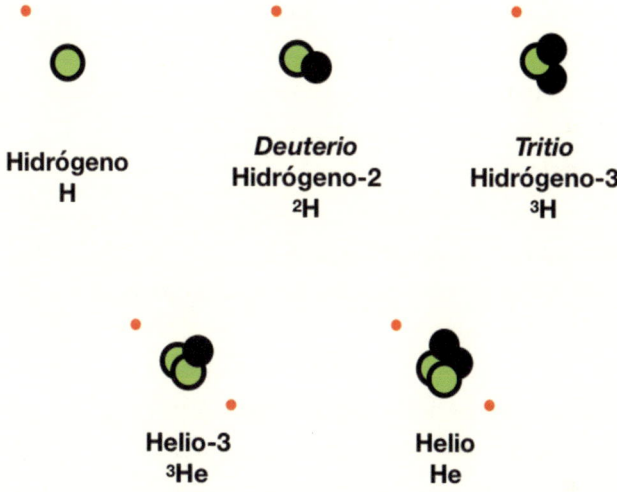

Hidrógeno
H

Deuterio
Hidrógeno-2
^{2}H

Tritio
Hidrógeno-3
^{3}H

Helio-3
^{3}He

Helio
He

—Veamos otro ejemplo: el número atómico del carbono es seis, lo que significa que contiene seis protones en su núcleo, que tenderían a repelerse entre sí. Por eso también tiene otros seis neutrones, haciendo un total de doce partículas en el núcleo. Cuando hablamos del carbono (C), en realidad queremos decir carbono-12 (^{12}C). Sin embargo, existen algunos átomos de carbono con ocho neutrones. ¿Alguien me sabe decir cómo les llamaremos?

Para entonces, Alis había vuelto a prestar atención. No quería perderse cosas que le interesaban, ya hablaría después con Diego sobre cómo devolver el HSM. Ante la pregunta de

Irene, varios sumaron mentalmente 6+8, pero Alis fue la primera en responder:

—¡Carbono-14!

Mientras lo pronunciaba, ese nombre resonó en su cabeza como algo familiar. Lo mismo les estaba ocurriendo a muchos compañeros. La profesora tuvo fácil la siguiente pregunta:

—¿Alguien ha oído hablar del carbono-14?

—Sirve para saber cómo de viejas son las cosas: los dinosaurios y eso —respondió Javi, que empezaba a encontrarse a gusto en aquella clase.

—Sí y no. La «datación por carbono-14» es un método que se puede usar, por ejemplo, para estimar la antigüedad de un barco vikingo o de una momia egipcia, pero no sirve para rocas ni fósiles de dinosaurio.

Para Alis, esa distinción no tenía sentido. Le faltaba información. Seguro que Irene lo explicaría pronto.

—Si el carbono-14 nos sirve para datar materiales, se debe a que es *inestable*. Hemos dicho que los neutrones ayudan a mantener unidos los protones del núcleo, pero cuando hay demasiados, o demasiado pocos, el núcleo no es estable y probablemente pierda su integridad de forma espontánea, es decir, se *desintegre*. Literalmente, se desprenden partes del núcleo, produciendo el fenómeno que conocemos como *radiactividad*. En este momento, en el aire de este aula, hay más de dos billones de átomos de carbono-14. ¡Estamos sumergidos en material radiactivo! —exclamó, simulando una mueca de terror.

Un murmullo de asombro recorrió la clase. Habían oído hablar de la radiactividad y sus peligros, pero no podían imaginar que estuviese tan presente en su vida diaria.

—¡No puede ser! ¡Mi madre no me dejaría venir a un colegio que tiene aire radiactivo! —afirmó Julia convencida.

—El aire de tu casa no es diferente del que hay aquí. Entonces, ¿por qué tu madre no está preocupada? ¿Por qué no es la noticia de apertura de todos los informativos?

—¡Eso digo yo! —Julia seguía mostrando su indignación.

—Bueno, hay varios motivos: el primero es que es muy poco abundante. Aunque os parezcan muchos átomos de carbono-14, por cada uno de ellos hay otro billón de átomos de carbono-12, es decir, «normales».

Alis estaba abrumada por las cifras que estaba anotando en su cuaderno. A pesar de su afición a contar y medir elementos de su entorno, nunca había manejado cantidades tan grandes.

—El segundo motivo que nos tranquiliza es que la velocidad a la que se desintegra este isótopo es relativamente lenta. Si cerrásemos el aula herméticamente, tendrían que pasar 5.730 años para que se desintegrase la mitad de los átomos de carbono-14 que contiene. A ese tiempo lo llamamos «periodo de semidesintegración».

Alis calculó que, si había dos billones de átomos radiactivos a su alrededor y en 5.730 años iba a desaparecer la mitad, cada minuto se estaban desintegrando 332. Cabían a 15 por alumno.

—No penséis que cada minuto de esos cinco mil años se va a desintegrar el mismo número de átomos —la profesora parecía haber adivinado el cálculo realizado por Alis, que por lo visto era erróneo—. Lo que va desapareciendo es un cierto porcentaje.

Proyectó una gráfica en la que una curva iba descendiendo progresivamente a lo largo de los años. Unas cuadrículas junto a la curva mostraban el porcentaje del carbono-14 inicial que iba quedando.

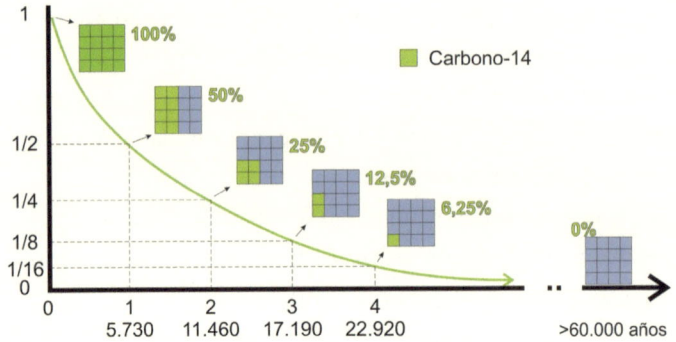

—Como podéis ver aquí, si partimos del 100 %, al cabo de 5.730 años se conservará sin desintegrar el 50 % de los átomos iniciales de carbono-14. Pero tendrán que pasar otros 5.730 años para que esa cantidad se vuelva a reducir a la mitad, es decir, al 25 % de la cantidad inicial. En otro periodo igual, se vuelve a reducir a la mitad, hasta el 12,5 % de los átomos originales. Al cabo de 60.000 años, prácticamente ya no queda ninguno.

Los alumnos más interesados tomaban algunas notas. Javi levantó una mano, mientras con la otra sujetaba su bolígrafo, mordisqueándolo nerviosamente. Irene le miró complaciente, invitándole a hablar:

—Hay algo que no entiendo. Ha dicho que los átomos se desintegran, pero entonces, ¿no dejan ningún rastro? ¿Desaparecen, como en la magia?

—Es una pregunta muy pertinente. Los átomos que se desintegran no desaparecen. Siguen ahí, pero se convierten en otra cosa. Para intentar explicarlo, vamos a utilizar esta imagen.

Apareció proyectada una nueva diapositiva, similar a la que habían visto el día anterior, pero donde el círculo del neutrón no era de un negro macizo, sino que tenía el mismo verde del protón y contenía otro círculo más pequeño de color rojo, del tamaño del electrón.

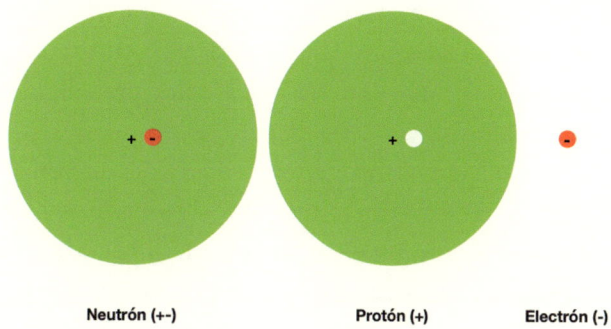

Neutrón (+-)   Protón (+)   Electrón (-)

—Podemos imaginar cada neutrón como un protón que tiene incrustado un electrón en su interior. Esto explicaría que sean neutros: la carga positiva del protón queda anulada con la negativa del electrón, que tiene la misma intensidad. Esta simplificación nos ayudará a entender cómo funciona la desintegración del carbono-14.

Todos en general, y Alis en particular, intentaban asimilar aquella idea. Resultaba que, a pesar de su nombre, los neutrones no eran tan neutros, ya que podían dividirse en partículas que no lo eran.

—Imaginad que, por culpa de la inestabilidad del carbono-14, uno de sus neutrones expulsa el electrón que tiene incrustado, ¿qué pasaría?

Durante varios segundos la pregunta quedó sin respuesta. Alis garabateó en su cuaderno un núcleo de carbono-14: dibujó catorce círculos y sombreó seis de ellos, los protones. Luego sombreó uno más, el que resultaría cuando ese neutrón hubiese expulsado su electrón. Ahora había 7 protones en lugar de 6 y ya sabían que su número era lo que diferenciaba un elemento de otro. Por tanto, ese átomo ya no era de carbono sino del elemento cuyo número atómico fuera el 7. Buscó en la tabla periódica que Irene había vuelto a proyectar, pero alguien había sido más rápida:

—¡Se convierte en nitrógeno! —dijo Julia en voz alta.

—¡Exacto! Ahora sabéis que unos elementos se pueden convertir en otros, porque en la misma medida en que «desaparecen» átomos de carbono-14, «aparecen» en su lugar otros de nitrógeno-14, que es el isótopo más estable y abundante de este elemento. El tipo de desintegración que expulsa un electrón del núcleo se llama *beta negativo* o β^- y, aunque es más complejo, lo he simplificado para ayudaros a entender las ideas esenciales.

Alis apuntó en su cuaderno «investigar la desintegración *beta negativo*» ya que, por el comentario de Irene, debería haber otros aspectos interesantes que estaba pasando por alto.

—Si habéis oído hablar de la «piedra filosofal» —un murmullo en la clase indicó que sí—, era un concepto simbólico utilizado por los antiguos alquimistas para referirse al poder, entre otras maravillas, de transformar metales comunes en oro. Que sepamos, nunca lo lograron. Pero, en los años 80 del siglo pasado, científicos americanos consiguieron obtener oro rompiendo átomos de bismuto. No se hicieron ricos, como soñaban los alquimistas, porque el proceso es tan complejo y caro que nunca se ha usado con fines prácticos.

Los alumnos se quedaron sorprendidos al descubrir que algunos conceptos de la magia podían trasladarse al mundo real, aunque necesitaran enormes esfuerzos científicos y económicos.

—Vamos a explicar un último concepto por hoy: los átomos casi nunca están solos, se agrupan con otros ya sean del mismo elemento o de otros. Esas agrupaciones son las «moléculas». En esta diapositiva aparecen varias que, a pesar de su sencillez, o precisamente por eso, cumplen un papel fundamental para la vida en la Tierra. A temperatura ambiente, las dos primeras son gases y la tercera es un líquido.

En la pantalla apareció una imagen con círculos de colores correspondientes a átomos de oxígeno, carbono e hidrógeno que formaban tres grupos. Debajo de cada uno había un breve texto: O_2, CO_2 y H_2O.

—La tercera es el agua, la vi en un anuncio de agua mineral —dijo Pepe en voz alta.

—¡Correcto! —afirmó Irene, encantada—. Y para identificar cada molécula usamos su «fórmula química». Por ejemplo H_2O significa que una molécula de agua está formada por dos átomos de hidrógeno y uno de oxígeno, ¿alguien identifica las otras moléculas de la imagen?

—El CO_2 es el que está causando el cambio climático —respondió Julia.

—¡Correcto! —volvió a decir—. Cuando entramos a un coche expuesto al sol, encontramos el aire mucho más caliente que en el exterior. La «culpa» es de los cristales, que por una parte son transparentes a la luz solar y le permiten que caliente el interior del coche, pero por otra, cuando el salpicadero y los asientos ya están calientes y empiezan a emitir luz infrarroja, esos mismos cristales son opacos y no la dejan salir, provocando que caliente el aire del interior. Esto se conoce como «efecto invernadero», porque pasa igual cuando se cultivan plantas en cobertizos cerrados con techos de cristal. Volviendo al CO_2, como también es opaco a la luz infrarroja, la mayoría de los científicos defiende que su aumento en la atmósfera terrestre está produciendo un «efecto invernadero» global y por eso forzaron la firma en 2015 del «Acuerdo de París», en el que la mayoría de países se comprometió a reducir o prohibir actividades que lanzan grandes cantidades de CO_2 a la atmósfera, como la obtención de energía a base de quemar gasolina, gas o carbón.

Alis recordó que, por este motivo, en su familia solamente se usaban coches eléctricos y que su padre solía decir que los de gasolina y diésel, incluso cuando son híbridos, «escupen muerte a su paso».

—Como el CO_2 tiene dos átomos de oxígeno y uno de carbono, también se le llama «dióxido de carbono». Nos queda una —continuó Irene—.

—El oxígeno —dijo Diego, que no había intervenido hasta ese momento—.

—¡También correcto! ¡Hoy habéis conseguido un pleno! —la satisfacción de la profesora era evidente—. Aunque podríamos pensar que los átomos de oxígeno van sueltos por ahí, lo cierto es que están más «cómodos» formando moléculas de dos átomos. Como ya hemos mencionado, esa comodidad se llama «estabilidad» y se puede aplicar a las moléculas, no solamente a los átomos. Ahora que hemos identificado estas tres moléculas, ¿quién me sabe decir por qué son tan importantes para la vida?

—Un setenta por ciento del cuerpo humano es agua. Y al respirar, tomamos oxígeno y soltamos CO_2 —volvió a contestar Diego.

—¡Muy bien! Entonces, cada vez que respiramos, también estamos contribuyendo al cambio climático, ¿no os parece?

Un murmullo de incomodidad recorrió la clase. Nadie quería provocar una catástrofe medioambiental por el simple hecho de respirar.

—No os preocupéis, la cantidad de CO_2 que vosotros generáis es muy pequeña comparada con la que expulsan las industrias, los barcos o los aviones. Además, existe un proceso natural que hace justo lo contrario: utiliza la energía de la luz solar para capturar CO_2 del aire y liberar O_2. Se llama «fotosíntesis» y la realizan las plantas.

Por las reacciones y murmullos, parecía que casi todos habían escuchado antes esa palabra, aunque no la tuvieran asociada a un intercambio de gases con la atmósfera ni con el cambio climático. Sonó el timbre que indicaba el final de la clase. Pero la clase no terminaba hasta que lo decía Irene.

—Partiendo de lo que ya sabéis, quiero que busquéis información por vuestra cuenta y que mañana me expliquéis por qué el método del carbono-14 sirve para datar barcos vikingos pero no fósiles de dinosaurio.

La profesora recogió sus cosas y se marchó. Mientras esperaban a Don Tomás para la siguiente clase y Alis ya estaba pensando quedar con Diego para hacer juntos la tarea que Irene acababa de encomendarles, Javi se acercó a ambos para hacerles una propuesta:

—He visto que os interesa el tema de los isótopos y resulta que mi tía es profesora de la Facultad de Ciencias. Había quedado con ella esta tarde en su despacho, ¿os gustaría venir?, seguro que nos puede explicar lo del carbono-14.

—No es mal plan —respondió Diego, buscando la aprobación de Alis.

—Tendría que quedarme a comer en Granada… no sé si tu abuela… —respondió poco convencida.

—¡Sin problema! Ella misma dijo que no hace falta avisar. Dile a tu papá que tampoco te recoja hoy.

—Aunque no venga por mí, tendrá que recoger a… los miércoles su madre sale tarde de trabajar…

—¡Yo también me apunto! —interrumpió Julia, que estaba escuchando por encima del hombro de los tres.

—¡Perfecto! —exclamó Javi sin disimular su entusiasmo—. Nos vemos en la puerta de la Facultad a las cinco.

—Voy a avisar a mi padre… —añadió tímidamente Alis.

—¡Y yo a mi madre!

—Y yo a Lita…

En ese momento apareció Don Tomás, el organizador del viaje que esperaban ansiosos. Todos en el centro se preguntaban por qué un profesor de literatura siempre organizaba excursiones con destinos tan poco literarios. Los alumnos que estaban de pie volvieron a sus asientos.

—Os recuerdo que mañana a las tres y media sale del aparcamiento el autobús con destino a la Sierra de Cazorla, justo después de terminar las clases. A los olvidadizos, os recuerdo que tenéis que traer un bocadillo y bebida para el camino y una mochila grande con el material que se os indicó. Los que todavía no me habéis entregado la autorización firmada, si no lo hacéis antes de la salida, no podréis venir con nosotros. Alis... —dijo mirando a la alumna.

—Aquí la tengo, aunque mi padre no está muy convencido de dejarme ir, le preocupan los incendios de esta semana —respondió al tiempo que se levantaba y entregaba los folios grapados.

El profesor miró la autorización y comentó:

—Vaya vaya, parece que «Miguelete regordete» no ha querido firmar, je, je...

Alis se preguntó si el profesor se refería a su padre, pero no dijo nada.

—Yo estoy igual, no sé si me dejarán... —añadió Pepe.

—Que levanten la mano quienes tengan la misma situación —la orden iba dirigida a toda la clase.

Varias manos se alzaron tímidamente, incluida la de Diego.

—Pues ese miedo es una tontería —zanjó el profesor—. Aquello es muy grande, no os hacéis una idea. El nombre completo es «Parque Natural de las Sierras de Cazorla, Segura y Las Villas» y ocupa más de dos mil kilómetros cuadrados. Las llamas no han afectado a la zona del Puente de las Herrerías, donde estaremos todo el tiempo, de modo que podéis decirles que se sosieguen. Además, quienes renuncien a acompañarnos en insolidaria actitud, se van a perder un montón de actividades chulísimas: barranquismo, tirolina, arborismo…

—Para tener que aprenderme un montón de nombres de árboles, prefiero quedarme… —volvió a intervenir Pepe.

—No tienes arreglo ni lo vas a tener nunca. El *arborismo* es muy *diver* y si no vienes te vas a quedar con las ganas de saber lo que es. Y a más de uno le vendrá bien para mitigar la exuberancia de su tripita…

El profesor había terminado su comentario tratando de avergonzar abiertamente a Diego, aunque lo que consiguió fue sobre todo indignar a Alis, quien se mordió la lengua para evitar decir alguna inconveniencia. Estaba muy ilusionada con la excursión y no quería tener problemas.

El resto de la clase transcurrió como todas las de Don Tomás: mientras citaba una lista interminable de nombres de autores y títulos de novelas, ensayos y obras de teatro, amenazando continuamente con que «esto va a caer en el examen», los alumnos miraban al techo, garabateaban en sus cuadernos, intercambiaban confidencias en voz baja o, en el mejor de los casos, subrayaban en el libro de texto exactamente lo mismo que el profesor iba diciendo en voz alta.

★★★

Tras la comida, Diego se cambió de ropa y se despidió de su abuela, agradeciéndole que hubiese aceptado de buen grado a dos invitadas inesperadas. Junto con Alis y Julia, se puso en marcha para acudir a la cita en la Facultad de Ciencias. La pelirroja no había parado de hablar desde que habían salido del Lauderat, de modo que a esa hora ya conocían con detalle la marca y el color de las zapatillas de montaña, el saco de dormir, el pijama, la toalla, el traje de baño, la crema protectora, la loción anti-mosquitos, la bolsa de aseo, el abrigo y la gorra que llevaría al viaje, en su también nueva mochila.

Bajaron andando por la Carrera del Darro hasta Plaza Nueva, llegaron a la Gran Vía y cruzaron hasta la calle Oficios, esquivando a los numerosos turistas y personajes de todo estilo y condición que abarrotaban la zona. Alis se iba fijando en la vestimenta de los viandantes y haciendo recuento en una lista mental de aquellos que vestían de un solo color, mientras Julia contaba que por fortuna no estaban obligados a llevar al viaje la ropa de deporte del colegio, porque su madre y ella habían encontrado un chándal malva «ideal de la muerte» que se habían visto obligadas a comprar.

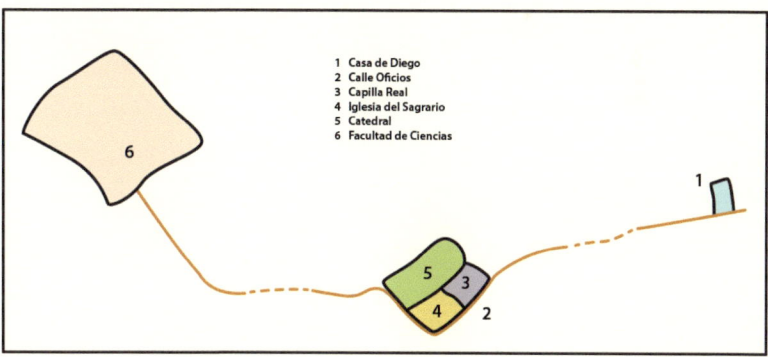

Al pasar frente a la fachada gótica de la Capilla Real, Diego preguntó:

—¿Sabéis quiénes están enterrados aquí?

—Isabel y Fernando, los Reyes Católicos —respondió Julia sin vacilar—. Mi madre me trajo de visita este verano.

—También hay una colección de cuadros antiguos muy interesantes —dijo Alis, recordando la imagen del arcángel San Miguel que había dado nombre a su padre. Tenía que pedirle que la trajera para ver por sí misma aquellos pedazos de historia.

—Si la reina Isabel no hubiera financiado el viaje de Cristóbal Colón, yo no estaría aquí hoy… —reflexionó Diego en voz alta. Alis sabía que su amigo tenía sentimientos encontrados al respecto, ya que por sus venas no corría sangre indígena o española, sino una mezcla de ambas.

Giraron a la derecha y, al pasar por la Iglesia del Sagrario, Alis reparó brevemente en un hombre muy alto y delgado que salía de ella, cuyo traje la obligó a sumar uno a su recuento mental del color negro.

8

La gran explosión

He venido hasta el Sagrario de la Catedral porque necesito reflexionar. Me siento alterado cuando los inevitables fallos de mis alacranes me obligan a aquilatar mejor mis pasos y a realizar ajustes en un plan concebido para ser perfecto. Y este es el único lugar del mundo en el que puedo recuperar la paz, desde que era niño. Me gusta sentarme en el noveno banco de la izquierda, porque está lo bastante cerca del presbiterio como para apreciar el contraste entre la sencillez de la Inmaculada de Alonso Cano y la barroca estructura que la rodea. Y lo bastante lejos como para disfrutar de la magnificencia de las bóvedas del techo sin tener que mezclarme con quienes acuden por motivos religiosos, que seguramente piensen que estoy de luto. Y, de algún modo, así es. Llevo luto por mi alma. Ignoro lo que me atrae de este sitio, aunque no son motivos puramente estéticos. Esta mezcla de arte y recogimiento me transmite una sensación de equilibrio que consigue apaciguar mis tribulaciones.

Me concentro en la llama de un cirio encendido junto al altar. Moléculas de oxígeno atacando a los hidrocarburos de la cera tan violentamente que hacen saltar sus enlaces internos y liberan con ello gran parte de la energía que encierran. En tantas ocasiones me identifico con ese oxígeno… tantas veces he sentido el impulso de romper esta sociedad cerrada para conseguir brillar entre la mediocridad… entre gente que vive sus pequeñas vidas tan deprisa que nunca se ha parado a pensar en lo que son, en lo que somos.

¿Cuántos de ellos conocerán el origen de los átomos que forman sus cuerpos? ¿Cuántos habrán escuchado la frase de Carl Sagan «somos polvo de estrellas» sin conocer a su autor y la habrán interpretado como una hermosa metáfora, sin comprender la incontestable realidad científica que encierra?

Desde la quietud de este lugar, resulta fácil cerrar los ojos y retroceder con el pensamiento más de trece mil millones de años, hasta el momento inicial del Universo. Me convierto en un punto único de densidad infinita y de repente estallo en una inconmensurable nube de partículas. El *Big Bang*. La Gran Explosión. Soy un cúmulo de incontables hordas de diminutas partículas persiguiéndose unas a otras. Solitarios protones capturando un electrón cada uno para formar el átomo más simple posible, el hidrógeno, y uniéndose por parejas para formar moléculas.

Ahora soy una gigantesca nube de hidrógeno de inmaculada pureza. Pero mi tamaño es tan grande que la atracción gravitatoria comienza a actuar sobre mí, me hace girar, me obliga a arremolinarme en torbellinos cada vez más densos, me arrastra, me colapsa. De repente ya no soy una nube, sino una esfera tremendamente pesada, tan ardiente que mis átomos no pueden retener sus electrones. Soy una sopa concentrada de núcleos atómicos sobreexcitados y electrones desbocados, una bola de plasma, una estrella.

En mi interior, la presión gravitatoria y la temperatura son tan altas que los núcleos de hidrógeno impactan brutalmente por parejas, fusionándose en un nuevo elemento, el helio, tan perfecto en su estructura que no necesita formar moléculas, y generando en el proceso cantidades ingentes de luz y calor. Tienen que pasar eones para que el hidrógeno se fusione también con helio para producir litio, y el helio consigo mismo para formar berilio, y éste con hidrógeno y helio para formar boro y carbono... La lista aumenta progresivamente: nitrógeno... oxígeno... sodio... fósforo... azufre... hierro... A medida que mi combustible de hidrógeno se va consumiendo y mi núcleo se vuelve más y más denso, mi estructura se vuelve inestable y sin poder evitarlo reviento con un enorme estallido, una supernova, que disemina mis entrañas por los alrededores galácticos. La fuerza de la detonación ha producido elementos incluso más pesados que los de mi núcleo: níquel, uranio, torio... Las nubes de hidrógeno vecinas se van contaminando con mis restos, perdiendo su pureza original.

Ahora soy una nubecilla de polvo de elementos pesados que está empezando a girar sobre sí misma y a contraerse. Con cada giro, me concentro más y más hasta formar otra esfera. Pero apenas tengo hidrógeno y mi tamaño es insuficiente para forzar colisiones que fusionen núcleos atómicos. Soy un planeta, atrapado en la órbita de mi joven estrella. Permaneceré aquí durante un tiempo y quizá ofrezca condiciones para que las moléculas de mi superficie se combinen unas con otras de formas progresivamente más complejas e incluso lleguen a construir seres que se crean inteligentes y reflexionen sobre su propia existencia, con los ojos cerrados, sentados sobre un banco de madera, en el interior de un templo centenario. Aunque ser un planeta no me salvará de la destrucción. Sé que mi estrella terminará por engullirme, si se convierte en una gigante roja, o me pulverizará cuando le llegue su momento supernova. Soy consciente de que estoy aquí de paso.

Por eso necesito concentrarme en el proyecto, mi tiempo es limitado.

★★★

Un hombre vestido de negro salió de la Iglesia del Sagrario y se cruzó brevemente con un grupo de tres estudiantes que conversaban animadamente. Si hubiese reparado en ellos, se le habría cortado la respiración al ver que las dos chicas llevaban el uniforme del Lauderat. Pero sí reparó en sus alacranes, que aparecieron desde la calle Oficios con paso acelerado y se detuvieron sobresaltados al encontrarle de frente.

—Hola jefe, estamos siguiendo a la chica pelirroja, sabemos que lleva encima la llave porque hemos detectado la señal *bluetooth*.

El hombre se giró para mirar detenidamente a los tres jóvenes que se alejaban.

—¡Idiotas! ¡Es la rubia! La pelirroja es demasiado alta para ser la del fotograma que os envié.

Los alacranes intercambiaron una mirada culpable.

—Enviadme fotos.

—De acuerdo jefe, ¿algo más?

—Daos prisa, vais a perderles.

—Ya vamos, ya vamos…

9

Amonites

Alis, Julia y Diego se encontraron con Javi en la puerta de la Facultad de Ciencias a las cinco de la tarde, como habían acordado.

—La facultad tiene varios edificios para las distintas secciones: Matemáticas, Física, Química, Geología, Biología… Mi tía nos espera en su despacho del departamento de Bioquímica. Vamos por aquí.

Entraron por la puerta principal y se dirigieron hacia el fondo a la derecha. Alis miraba aquella enorme estructura a su alrededor, con grandes cristaleras y suelos de mármol. Su forma era demasiado compleja como para cubicarla de cabeza durante un recorrido apresurado. Imaginó lo bien que se sentiría cuando en unos años volviese aquí, no de visita, sino para incorporarse de pleno derecho a aquel hervidero de estudiantes que se movían en todas direcciones.

Debía haber sensores de movimiento instalados porque, cuando se acercaron al ascensor que daba acceso a las diferentes plantas de la sección de Biología, las luces a su alrededor se encendieron y quedaron a la vista unas escaleras de madera adyacentes. Aunque nunca había explicado los motivos, Diego procuraba evitar los ascensores. Su ausencia era una de las características que amaba del colegio Lauderat.

—Yo subiré por aquí —se excusó, señalando los peldaños a su izquierda.

—Te acompaño —dijo Alis.

—Os esperamos arriba —sentenció Julia, abriendo la puerta del ascensor.

—Vamos a la cuarta planta —aclaró Javi, mientras entraba en la cabina con mirada culpable.

Alis y Diego iniciaron la subida. Las luces del primer piso se encendieron a su paso y, a través de una gran puerta entreabierta, vislumbraron un inesperado y solitario museo. Se trataba de un largo pasillo flanqueado a derecha e izquierda por vitrinas de cristal en cuyo interior se encontraban disecados todo tipo de animales de pequeño y mediano tamaño, desde ratas y ratones hasta ginetas, jabalíes, urogallos y pavos reales. Alis se detuvo junto a un lince. La mirada del animal, apoyada en sus falsos ojos de cristal, le contagió una profunda tristeza. Dos lágrimas se pasearon por el borde de sus párpados, sin llegar a desbordarlos.

—Apurémonos. Tomemos algunas fotos y sigamos subiendo —urgió Diego.

Dirigieron hacia los animales las cámaras de sus móviles, dispararon varias veces y volvieron sobre sus pasos hacia las escaleras. Diego andaba distraído revisando cómo habían quedado las fotos cuando la sangre de Alis se heló de repente. A la entrada del pasillo estaban los gemelos y uno de ellos les estaba fotografiando, remedando lo que ellos acababan de hacer con los especímenes de las vitrinas. En un movimiento similar al del día anterior, agarró sin pensar el brazo de Diego y echó a correr en dirección contraria, arrastrándole hacia el fondo del pasillo-museo. Se sintió estúpida por huir hacia un lugar donde quedarían acorralados, pero para su sorpresa, al llegar al final, encontraron otra puerta, otro ascensor y otras escaleras, simétricas respecto a las que habían utilizado para llegar hasta allí. Comenzaron una subida vertiginosa: segundo piso, tercero… también allí las luces se iban encendiendo tramo a tramo.

Al llegar a la cuarta planta, ambos estaban sin aliento, pero además, Diego cojeaba ostensiblemente.

—Me torcí el tobillo —dijo señalando su pie derecho.

—Tenemos que escondernos —replicó Alis, ignorando completamente el comentario.

Desde la escalera accedieron a una puerta similar a la del museo, pero allí no había vitrinas de cristal. Todo estaba lleno de mesas de laboratorio con aparatos y material de vidrio: balanzas, espectrómetros, cromatógrafos, gradillas con tubos de ensayo, matraces, probetas y pipetas de diferentes formas y tamaños… Hacia la izquierda, otras estancias se comunicaban con el pasillo principal, que era muy largo y debía llegar hasta el primer ascensor, aunque esa zona apenas se vislumbraba en la distancia. Cerca de ellos había puertas «normales», que seguramente daban acceso a despachos y a otros laboratorios, pero también una que llamó la atención de Alis. Parecía reforzada, empezaba a unos 20 cm del suelo y tenía bordes redondeados y una gran palanca lateral.

—Aquí no nos buscarán —susurró con determinación.

Tiró de la palanca, empujó a Diego al interior, entró también y cerró la puerta, quedando ambos en total oscuridad. Pronto fueron conscientes de su error. Hacía un frío extremo y cuando encendieron las luces LED de sus móviles no encontraron ninguna palanca interior para abrir de nuevo la puerta. También constataron que el revestimiento metálico de las paredes había dejado sus teléfonos sin cobertura. Diego se sintió derrotado. Se dejó caer hasta el suelo y comenzó a masajear su tobillo dolorido.

—Esta vez te pasaste.

—Lo siento. Eran los gemelos de los que te hablé. Son tipos peligrosos, incluso han entrado en la casa de Julia —se excusó Alis.

—¿¡Qué!? —exclamó Diego indignado.

—Iba a contártelo, pero como ella no se ha separado de nosotros en todo el día… aunque me extraña que no lo haya mencionado, con todo lo que ha hablado en la comida y en el camino hasta aquí —se justificó—. El caso es que quería pedirte ayuda para devolver el HSM y que nos dejen en paz.

—¿Y no se te ocurrió tirarlo al suelo cuando los viste abajo?

El argumento de Diego era imbatible. Podría haber lanzado el HSM a esos hombres y así poner fin a las persecuciones.

—No lo pensé, me puse nerviosa…

—¡Pues mira cómo estamos ahora! ¡Aislados en una cámara frigorífica y hermética! Mejor hay que empezar a gritar a ver si alguien nos oye.

—Espera un poco… Sólo unos minutos…

Alis comenzó a hacer cálculos. La cámara debía tener unos dos metros de ancho por tres de fondo y otros tres de alto. Esto les daba 18 metros cúbicos de aire. Aún restando el volumen ocupado por los estantes con muestras congeladas que había en los laterales y el fondo de la cámara, podrían respirar durante unas horas. Sería mucho peor el frío que la falta de oxígeno.

Ambos se estaban ajustando las prendas de abrigo cuando repentinamente la puerta se abrió y las luces se encendieron. Sobresaltados, se alejaron instintivamente hacia el fondo, usando los brazos para proteger sus rostros.

—¿Se puede saber qué estáis haciendo? Estábamos esperando y por casualidad os hemos visto aparecer corriendo por el otro extremo del laboratorio —les reprochó Javi.

—Alis está un poco loca —aseguró Julia.

—Perdonad, pensé que alguien nos seguía y, como me hablaste de unos hombres que entraron en tu casa, me he asustado y he arrastrado a Diego conmigo.

—Te dije que seguramente era mentira, un invento de mi vecina, que está tan loca como tú… Ja, ja, ja.

—Venga, vamos al despacho de mi tía, que nos está esperando. Por favor, no le contéis lo que acaba de pasar.

Alis salió de la cámara mirando a su alrededor, pero no había rastro de sus perseguidores. A través de la puerta de entrada se podía ver que las luces de las escaleras estaban apagadas, lo que significaba que hacía rato que nadie había subido o bajado por ellas.

—Si pudisteis vernos desde el otro extremo del pasillo, ¿por qué no os vimos nosotros desde acá? —preguntó Diego—.

—Porque estábamos parados esperando a que subierais y la luz se había apagado —explicó Julia displicente.

Siguieron a Javi. Se notaba que no era la primera vez que visitaba ese laboratorio por la seguridad con que les guiaba. Se detuvo frente a una puerta indistinguible de cualquier otra que hubieran visto y llamó con los nudillos: Toc-toc.

—Adelante chicos, pasad —sonó una voz acogedora desde el interior.

La tía de Javi era una mujer de mediana edad, de pelo rubio y rizado, ojos claros, no tan grandes como sus gafas intentaban aparentar, y nariz recta. Vestía una bata blanca con un bolsillo en la parte superior izquierda, sobre el cual aparecía su nombre bordado con hilo azul: Marga. Estaba sentada detrás de una mesa cuyo color era difícil de adivinar debido a la cantidad de libros, documentos y otros materiales que había sobre ella, además de un teclado y una gran pantalla de ordenador. Los chicos se repartieron como pudieron en el escaso espacio disponible, detrás de las dos sillas vacías que había frente a la mesa.

—Sentaos por favor… los que podáis…

Julia ocupó inmediatamente uno de los asientos. Javi le cedió el otro a Alis con la mirada, pero ésta hizo lo propio con Diego, que apenas conseguía disimular una mueca de dolor.

—Javi me ha dicho que queréis conocer la facultad y que también tenéis preguntas sobre la radiactividad.

—Nuestra profesora nos ha dicho que averigüemos por qué la datación con carbono-14 no sirve para saber la antigüedad de las rocas ni de los dinosaurios pero sí de los barcos vikingos y las momias egipcias —dijo Julia—. Y hemos pensado que sería más fácil que usted nos lo explique y no tener que andar rebuscando por Internet.

Los otros tres contuvieron la respiración ante tal despliegue de sinceridad. Aunque no era exactamente que fuese «más fácil» recurrir a una profesora universitaria, sino quizá «más seguro», ya que en Internet se podían encontrar explicaciones dudosas para cualquier fenómeno, desde los más cotidianos y «naturales» hasta los más extraordinarios y «sobrenaturales».

—Bueno, para eso primero tendría que explicaros qué es el carbono-14…

—Sabemos que es un isótopo radiactivo del carbono —replicó Julia, decidida a convertirse en la portavoz oficial del grupo.

—Y el periodo de…

—Semidesintegración, también lo sabemos. El del carbono-14 son 5.730 años.

—Pues bien, el carbono forma parte de una molécula que está en el aire y es captada por...

—¿Se refiere al dióxido de carbono que usan las plantas para la fotosíntesis?

Marga estaba tan sorprendida por las rápidas respuestas de Julia que hizo una pausa y se reclinó hacia atrás en su sillón.

—Felicitad a vuestra profesora de mi parte. No son tantos los alumnos que llegan a la universidad dominando estos conceptos. Como sabéis, la palabra fotosíntesis...

—Todavía no nos han explicado los detalles, solamente que consume CO_2 y produce O_2.

Parecía haber llegado el punto en que Marga por fin podría aportar algo a aquella conversación. Tecleó en su ordenador y, antes de seguir hablando, giró la pantalla para que los chicos pudieran ver una imagen donde una planta capturaba con sus hojas el CO_2 del aire y la luz del sol y absorbía agua por sus raíces.

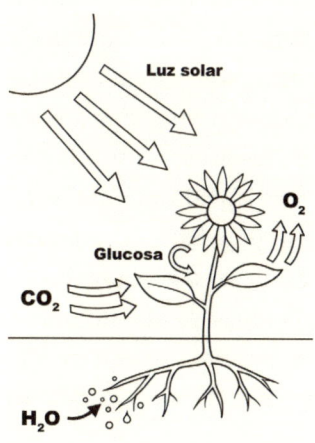

87

—La palabra fotosíntesis viene a significar «componer con luz». Quiere decir que las plantas usan la energía de la luz solar para captar moléculas simples, como el dióxido de carbono y el agua, y componer con ellas moléculas complejas que se incorporan a las hojas, tallos, raíces y frutos de las plantas.

—Sigo sin entender la relación con los barcos vikingos —replicó Julia, visiblemente decepcionada.

—Hay una pequeña parte del CO_2 de la atmósfera —continuó paciente la tía de Javi— que es radiactivo, es decir, su átomo de carbono es el isótopo 14, mientras que la mayoría tiene el isótopo 12. Es razonable pensar que la misma proporción que exista en el CO_2 de la atmósfera entre los isótopos 12 y 14 se mantendrá en las moléculas «complejas» que vaya sintetizando una planta viva usando ese CO_2. Sin embargo, cuando la planta muere, ya no hace la fotosíntesis y el carbono-14 de sus moléculas complejas se irá desintegrando con el tiempo. Cuanto más tiempo pase, menos carbono-14 quedará en esa planta muerta. Por tanto, medir la proporción de carbono-14 en una planta muerta es una forma de conocer los años que han pasado desde que murió. ¿Alguien sabe de qué material se construían los barcos vikingos?

—De madera, o sea… de plantas muertas —reflexionó Diego en voz alta, adelantándose unos segundos al razonamiento de los otros, mientras seguía frotando su tobillo disimuladamente.

—Pero las momias no son plantas, son personas… muertas —objetó Julia, que no parecía muy convencida.

—Lo que hemos dicho de las plantas es también aplicable a los animales y a las personas, ya que nos alimentamos de plantas y de otros animales. Igualmente, cuando morimos, nuestros cuerpos van perdiendo el carbono-14 que se va desintegrando. Y cuanto más tiempo pase, menos va quedando. Por tanto, se podría saber la antigüedad de una momia midiendo el carbono-14 que conserva. Y no solamente en su cuerpo. También en las vendas que la envuelven, que se fabricaron tejiendo fibras de una planta: el lino.

Julia no estaba dispuesta a cesar su interrogatorio hasta que la última duda posible quedase resuelta.

—Según lo que dice, como los dinosaurios son animales muertos, el carbono-14 también tiene que servir para datarlos —volvió a protestar, en un tono que era casi una reivindicación.

Alis se dio cuenta de que la antigüedad de las momias egipcias era de unos *miles* de años, mientras que los dinosaurios habían vivido en la Tierra decenas de *millones* de años atrás.

—Vamos a responder también a eso. No sirve por dos motivos: el primero es que el periodo de semidesintegración del carbono-14 es relativamente corto. Como tú misma dijiste, cada vez que pasan 5.730 años, se pierden la mitad de los átomos. Al cabo de 60 *mil* años resulta indetectable, de modo que si retrocedemos 65 *millones* de años, cuando vivieron las especies más famosas de dinosaurios, ya se ve que esta técnica es inviable. Pero hay otro motivo: los fósiles son rocas, no son la propia planta ni el animal. Mantienen la forma del original, pero no conservan ninguna de aquellas moléculas complejas de las que estaban hechos el animal o la planta, las que se sintetizaron a partir del CO_2 de la atmósfera.

Alis ya se estaba cansando de la expresión «moléculas complejas». Sentía que esa parte de la explicación se le escapaba y si Marga no lo aclaraba pronto, tendría que investigarlo.

—Entonces, cuando vemos el esqueleto de un dinosaurio en un museo, ¿realmente son piedras con forma de hueso y no los huesos del animal muerto? —se interrogó Javi en voz alta.

—Así es, querido sobrino.

Se produjo un breve silencio en la habitación, necesario para asimilar este dato, al parecer sorprendente.

—Si el carbono-14 no sirve, ¿Cómo se sabe que un fósil de dinosaurio tiene por ejemplo 65 millones de años? —continuó preguntando la portavoz.

—Bueno, igual que el carbono es un átomo abundante en los seres vivos, hay otros que abundan en las rocas y tienen isótopos con periodos de semidesintegración mucho más largos, como el aluminio, el potasio o el uranio. Pero además, se han desarrollado otras técnicas que no se basan exclusivamente en la desintegración de isótopos radiactivos. Por ejemplo, los «amonites» eran unos moluscos cefalópodos con grandes conchas que surgieron hace 400 millones de años y se extinguieron hace 65 millones, junto con los dinosaurios. Se han identificado miles de especies de amonites y cada una vivió en una cierta época, por lo que encontrar la concha fósil de una cierta especie de amonites ya está datando su antigüedad.

Marga volvió a teclear en su ordenador y en la pantalla apareció la fotografía de lo que parecía la concha de un caracol gigante.

A ninguno se le había ocurrido que la datación pudiera funcionar al revés, que la sola presencia de un cierto fósil ya estuviese indicando cómo de antiguo era el lugar donde se había encontrado, en lugar de tener que analizar sus isótopos para averiguarlo. Alis anotó en su cuaderno mental «investigar el origen de la palabra amonites».

—Creo que ya nos ha explicado lo que necesitábamos, muchas gracias —dijo Julia, dando por concluido su interrogatorio.

—Hay un detalle de la fotosíntesis que no ha mencionado… —aventuró Diego tímidamente, mientras seguía frotando con disimulo su tobillo.

—¿Cuál? —preguntó Marga.

—Que produce oxígeno.

—Cierto. No lo he mencionado porque es irrelevante. Se trata de un desecho que se expulsa a la atmósfera.

—¿El oxígeno un desecho? No lo entiendo —replicó Diego perplejo.

—Hemos hablado de la fotosíntesis que hacen las plantas, pero no la inventaron ellas. Mucho antes de que aparecieran en la Tierra las plantas y los animales, solamente había microorganismos y la atmósfera estaba formada por vapor de agua, dióxido de carbono, azufre y nitrógeno, sin apenas rastro de oxígeno. Algunos de esos microorganismos empezaron a realizar la fotosíntesis y a liberar oxígeno como desecho. Tuvieron que pasar muchos millones de años hasta que se acumuló tanto oxígeno en la atmósfera que surgieron otros organismos que se aprovecharon de eso para hacer el proceso contrario, que llamamos «respiración celular». Consiste en obtener energía, no de la luz del sol, sino de la oxidación de esas «moléculas complejas» de las que hemos hablado. Esto vale para los animales, pero también para las plantas, porque cuando no hay sol también ellas «respiran».

Respiración celular

—Entonces, la luz del sol ayuda a las plantas a capturar CO_2 y producir moléculas complejas y oxígeno. Y nosotros nos comemos esas moléculas y mediante la respiración usamos el oxígeno para romperlas y obtener nuestra energía. En realidad nos alimentamos de la energía del sol... —razonó Diego en voz alta.

—Yo no lo habría resumido mejor —confirmó Marga.

—A mí me parece ridículo decir que nos alimentamos de sol. Donde esté una buena chuleta de cordero... —protestó Julia.

Javi parecía preocupado por no incomodar a su tía y con la mirada pidió ayuda a Alis para impedir que se hiciera demasiado tarde para ver la facultad. Pero ella ya no podía más:

—Me gustaría saber cuáles son esas «moléculas complejas» de las que nos ha hablado.

Javi dirigió su mirada al techo, tratando de contener su desesperación.

—Pues hay tres grupos principales: los azúcares, las grasas y las proteínas —respondió Marga, que no parecía molesta en absoluto.

Los chicos conocían esos términos, por supuesto, pero no sabían que nombraban a moléculas concretas, es decir, a grupos de átomos.

—El azúcar más importante es la glucosa, que se produce durante la fotosíntesis. Es el combustible principal que quema vuestro cerebro para funcionar. Por eso las personas diabéticas, que tienen problemas para regular su nivel de glucosa en sangre, pueden sufrir un coma diabético en el que pierden el conocimiento e incluso pueden morir si no recuperan el nivel normal.

Glucosa
$C_6H_{12}O_6$

De nuevo mostró una imagen en su monitor. Se trataba de una molécula cuya fórmula era $C_6H_{12}O_6$ pero con la peculiaridad de que sus átomos formaban un anillo.

—¿Has dicho «quemar» glucosa? —preguntó Javi, que a estas alturas estaba resignado a que aquella conversación se iba a prolongar un poco más.

—Cuando el oxígeno rompe otras moléculas, se llama «oxidación». Y cuando el fuego quema cualquier material, lo que pasa es que el oxígeno del aire está rompiendo las moléculas de ese material, es decir, lo está «oxidando». Mirad ese extintor —dijo señalando detrás de ellos.

Hasta ese momento no habían reparado en una bombona roja que colgaba en la pared, junto a la puerta por la que habían entrado, con abundantes etiquetas llenas de advertencias. Pero las conocían bien porque en el Lauderat estaban por todas partes, desde los pasillos a las clases.

—Es un extintor de CO_2, ¿por qué creéis que sirve para apagar un incendio?

Se produjo un silencio de varios segundos. Alis recordó el horrible ídolo de madera que su tía Sonia les había regalado al regreso de uno de sus viajes. Desde que presidía la rinconera del comedor, evitaba pasar cerca cuando tenía que quedarse sola en casa. Pensó en cómo ardería ese ídolo, incesantemente atacado por el oxígeno del aire. Entonces, con un imaginario extintor, le lanzó un caudaloso flujo de CO_2 y pudo ver cómo estas moléculas empujaban a las de O_2 del aire circundante y las alejaban de las llamas.

—Seguramente las moléculas de CO_2 del extintor desplazan a las de oxígeno y, como no puede continuar la oxidación, la llama se apaga —dijo Alis en voz baja.

—Correcto. Por eso los verbos «quemar» y «oxidar» se utilizan muchas veces como sinónimos. La respiración que se produce dentro de nuestro cuerpo no es más que una «quema controlada» de materiales, que nos proporciona energía. Y nuestro cerebro consume tanta energía que necesita alimentarse del material más fácil de quemar: la glucosa.

—Y faltan las grasas y las proteínas —recordó Alis.

—No da tiempo a profundizar ahora, pero llevaos la idea de que las grasas son una buena forma de almacenar energía sin ocupar mucho espacio, porque son fáciles de oxidar, mientras que las proteínas tienen muchísimas funciones, incluida la estructural: son como los ladrillos que sostienen el edificio de la célula.

Alis confiaba en que Irene les hablaría de las células más adelante en el curso. Se produjo un silencio de varios segundos en el que Marga esperaba más preguntas, pero los chicos necesitaban un respiro para asimilar todo aquello.

—Creo que es suficiente, podéis volver cuando tengáis más preguntas. Vamos a hacer el *tour* por la Facultad —dijo, dando por concluida la conversación.

Diego parecía haber mejorado algo y pudo seguir el recorrido sin excesiva dificultad. Marga les condujo por los diferentes departamentos de la sección de Biología, incluyendo el de Zoología, que albergaba el museo de animales disecados donde se había producido el encuentro con los gemelos. Cuando bajaron al vestíbulo principal, les mostró brevemente los edificios de las otras secciones: Química, Física, Matemáticas, Geología… y se despidió de ellos, invitándoles de nuevo a regresar siempre que quisieran.

★★★

Miguel recogió en la puerta de la Facultad a su hija y se ofreció a hacer de taxista para Julia y Diego. Con la pelirroja no hubo problemas, pero debido a las restricciones de tráfico para acceder a la casa de Diego en el Paseo de los Tristes, tuvo que pedir la colaboración de la policía municipal para pasar, argumentando que llevaba a un chico lesionado. Saludaron brevemente a la abuela del chico, que esperaba preocupada en la puerta de la casa, mientras Alis se preguntaba qué explicación le daría su nieto sobre el incidente. Minutos después, cuando calculó que Diego ya habría llegado a su habitación, Alis generó una nueva clave con el HSM y se la envió por el móvil, aclarando «pero entra con el usuario 141, que salen más archivos». Su amigo respondió con el emoticono de un pulgar hacia arriba, lo que significaba que había podido acceder a la web.

Al llegar a casa, Alis encontró varios documentos en su correo, pero era casi la hora de cenar. Les echó un vistazo rápido y envió a la impresora del despacho una factura que le llamó la atención, junto a un ejemplar de la tabla periódica. Tras guardar los documentos en su mochila, se sentó a cenar con sus padres.

10

Estequiometría

El jueves por la mañana, tanto Alis como sus compañeros se presentaron en el colegio más cargados que de costumbre, preparados para la excursión que esa tarde les llevaría hasta la Sierra de Cazorla. Sin embargo, Diego no apareció y Alis recibió un mensaje en su teléfono móvil:

—«No puedo apoyar el pie en el suelo, me duele mucho. Lita me llevó al doctor y dijo que me quede sentado y lo mantenga elevado, así que no iré a clase ni a la excursión. Además, me recetó unos calmantes que me están dando mucho sueño.»

Como siempre en estos casos, Alis se sentía culpable y apenas pudo teclear:

—«Lo siento, espero que te recuperes pronto, te mandaré fotos.»

A pesar de la ausencia de su amigo, Alis ocupó el primer banco de la clase, junto a la puerta, como había hecho desde que llegaron a ese aula por primera vez. Antes había dejado su mochila de viaje en la esquina opuesta del aula, junto a las de sus compañeros. Javi entró, la saludó con un gesto y miró el asiento vacío junto a ella. Pareció dudar, pero tras dejar su mochila en el rincón, se sentó en el mismo lugar que los días anteriores.

La mañana transcurrió con normalidad, aunque se notaba un cierto revuelo entre los alumnos, que aprovechaban cualquier pausa para cuchichear sobre las expectativas que cada cual tenía respecto a la ansiada excursión. Cuando llegó la última clase del día, Irene empezó preguntando si alguien había realizado las tareas pendientes. Inesperadamente, Pepe levantó la mano.

—Muy bien Pepe, ¿qué nos puedes contar sobre la datación con carbono-14?

—No, yo lo que he hecho es lo de las palabras que empiezan por electro-no-se-qué —las risas fueron generalizadas.

Se levantó y leyó de corrido la definición del diccionario de cada una de las palabras que Irene les había dictado el martes. Lo hizo de forma tan apresurada que apenas se entendió nada. Irene le dio las gracias y volvió a preguntar por la datación con carbono-14. Varios levantaron la mano, entre ellos Julia con especial entusiasmo, pero su mirada se dirigió hacia Javi. Éste subió al estrado y explicó en la pizarra al resto de compañeros todo lo que había aprendido la tarde anterior sobre barcos vikingos, momias, dinosaurios y amonites. Irene pareció muy complacida, le dio las gracias y empezó el siguiente contenido.

—Ya sabéis que hay distintos tipos de átomos individuales, que están formados por partículas más pequeñas. Unas que tienen carga eléctrica positiva… —la profesora señaló a Pepe, cuya reciente participación en clase no había sido muy brillante.

—¡Los neutrones!

Todos rieron. Cuando Irene se dio cuenta de que no era una de sus bromas, sino que estaba convencido de lo que había dicho, respondió en el tono más conciliador que pudo:

—Recordemos que los neutrones se llaman así porque son neutros, es decir, que no tienen carga…

—Pero usted dijo que los neutrones tienen una carga positiva y otra negativa —se quejó Pepe.

Ella inspiró profundamente. Alis imaginó a la profesora diciéndose a sí misma «este es el precio que tengo que pagar por intentar simplificar la ciencia».

—Cierto. Pero como se anulan entre sí, el neutrón, como partícula completa, no tiene carga ni positiva ni negativa, ¿estamos de acuerdo en esto? —Pepe asintió e Irene se sintió legitimada para repreguntarle— Entonces, las partículas del átomo que sí tienen carga son…

—Los protones, que son balones con carga positiva, y los electrones, que son abejas con carga negativa —sentenció el alumno.

Varios compañeros aplaudieron entre risas. La profesora no tuvo más remedio que dar por buena la explicación. Preguntó a Alis.

—Si los átomos de todos los elementos están formados por las mismas partículas, protones, neutrones y electrones, ¿por qué son tan diferentes unos de otros? ¿Por qué la plata es diferente del oro?

—Porque cada elemento tiene un número diferente de protones en el núcleo —respondió la alumna.

—¿Cómo se llama ese número y cómo se relaciona con la tabla periódica?

—Se llama número atómico. En la tabla periódica, los elementos se ordenan en filas y columnas, de menor a mayor número atómico.

—¿Y qué son las moléculas?

—Son grupos de átomos unidos unos a otros.

—¡Muy bien! De hecho, ya hemos mencionado que la mayoría de los átomos «no se sienten cómodos» estando solos, prefieren unirse a otros del mismo o de distinto elemento. La única excepción son los llamados «gases nobles», que se sitúan en el lateral derecho de la tabla periódica: helio, neón, argón… cuyos átomos son tan perfectos en sí mismos que no se unen a otros. Tienen unas abejas muy muy fieles. Pero el resto, como por ejemplo el oxígeno…

Proyectó una imagen en la que dos círculos con la letra O aparecían unidos por un par de rayas horizontales.

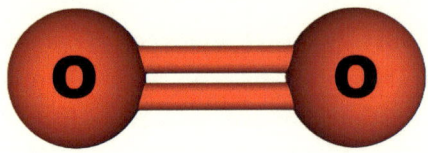

—Como dijimos ayer, los átomos de oxígeno no están «sueltos», sino unidos en parejas, formando «moléculas» de oxígeno que representamos como O_2. A temperatura ambiente, es un gas que está en el aire y por eso podemos respirarlo. En cada molécula de este oxígeno gaseoso, ambos átomos comparten un par de electrones. Es como si las abejas más alejadas del núcleo no pertenecieran solamente a una, sino a las dos colmenas a la vez.

—Parecen las gafas de un extraterrestre —bromeó Pepe, provocando las risas del grupo.

Irene sonrió, pero volvió a centrarse en Alis.

—También puede formar moléculas de O_3, que llamamos «ozono», aunque es poco abundante por su inestabilidad. Pero tanto si consideramos cada átomo de oxígeno individualmente, como formando parte de una molécula, ¿tendrá carga eléctrica positiva o negativa?

Alis recompuso en su mente todo lo que había aprendido en los últimos días, antes de contestar.

—Los átomos tienen el mismo número de protones positivos que de electrones negativos, y como se anulan unas cargas con otras, son neutros. Y si unimos varios átomos neutros entre ellos, la molécula resultante también será neutra… —pero Alis recordó el experimento en casa de Diego y algo que Irene había dicho— aunque usted nos explicó que los electrones pueden moverse de un átomo a otro, y entonces sí podría haber átomos o moléculas que no sean eléctricamente neutros…

La satisfacción en el rostro de Irene reveló que justo ahí quería llegar.

—¡Correcto! A los átomos que tienen carga les llamamos «iones». Si un átomo pierde un electrón, como sigue teniendo los mismos protones, se convierte en ion positivo o «catión». Si hace lo contrario y captura un electrón de otro átomo, tiene más cargas negativas que positivas y se convierte en ion negativo o «anión». Y ese átomo puede estar aislado, o bien pertenecer a una molécula.

Alis pensó que tendría que investigar el origen de esos nombres. En la pantalla apareció proyectada otra imagen en la que tres átomos de oxígeno rodeaban a uno de cloro, junto a un átomo de potasio. Uno de los átomos de oxígeno tenía un signo menos, mientras que el potasio tenía un signo más.

—Esta es la molécula del clorato potásico. Es una sal que, cuando yo era pequeña, nos daban nuestras madres para el dolor de garganta. El potasio —dijo señalando un gran círculo con la letra K en su centro— tiene tendencia a perder electrones. Digamos que su colmena no cuida bien de las abejas y las más «descarriadas» prefieren irse a otra parte cuando tienen ocasión. Con el oxígeno pasa lo contrario: esa abeja que ha huido del potasio se refugia en el oxígeno. El clorato potásico es una molécula neutra, pero también podríamos considerar que está formada por un ion positivo, el potasio que ha perdido un electrón, y —señaló al conjunto formado por el cloro unido a tres oxígenos— el «clorato» que lo ha capturado.

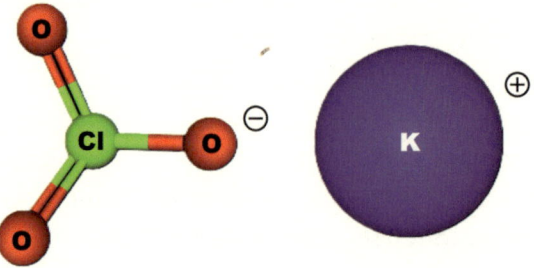

Alis anotó en su cuaderno «KO_3Cl». Algo hizo «clic» en su cerebro. Discretamente, rebuscó en su mochila, sacó la factura de Livyos que había impreso la noche anterior y la puso en el asiento de al lado, vacío por la ausencia de Diego. El segundo producto de la factura era KCLO3, las mismas letras y números que acababa de anotar, pero en distinto orden. Irene continuó su discurso.

CHEMICAL SUPPLIERS SHANGHAI

INVOICE
Chemical Suppliers Shanghai
PO Box 8273634
Shanghai, China
+86 123 456 789
customers@info.cs

Customer:
Livyos Inc.
Clear Lane, 17
Saint Helier, Jersey
Date: 18/08/2019

Order number: 86565
Invoice number: 67890
Payment: Bank transfer

Description	Amount Kg	Price	Total
C12H22O11	259	7,70 ¥	1.994,30 ¥
KCLO3	738	23,00 ¥	16.974,00 ¥
H2SO4	10	95,00 ¥	950,00 ¥
		Subtotal	19.918,30 ¥
	Taxes	5,00 %	995,92 ¥
		Total	20.914,22 ¥

Payment by bank transfer prior to shipment

—Lo más interesante de las moléculas es que pueden transformarse, es decir, que los mismos átomos se pueden reagrupar de una forma diferente y dar lugar a otras moléculas. Y para impulsar esa transformación hace falta energía. Si una molécula es muy «estable», porque sus átomos se sienten muy a gusto unos con otros, será necesaria mucha energía para romperla. Por el contrario, hay moléculas que son más «inestables» y se pueden romper fácilmente.

Sin dejar de hablar, tomó un frasco transparente de su mesa, que contenía unas pastillas blancas, y lo mostró a sus alumnos.

—En ciertas condiciones, los átomos de oxígeno del «clorato» potásico tienden a unirse entre ellos para formar moléculas de O_2 gaseoso, dejando solos al cloro y al potasio, que juntos forman otra sal llamada «cloruro» potásico. Se produce una «reacción química» en la que una sal se descompone en otra sal y oxígeno gaseoso.

Trazó en la pizarra:

$$KClO_3 \rightarrow KCl + O_2$$

Irene escribió la fórmula del clorato potásico colocando las letras en el mismo orden que aparecía en la factura. Esto llevó a Alis a pensar que debían existir ciertas reglas para ordenar los elementos en una fórmula química, que tendría que investigar. Además, allí había algo que no cuadraba. Sabía que esta profesora no era muy dada a cometer errores, a menos que fuesen intencionados. Su sospecha se confirmó cuando la escuchó lanzar una pregunta al grupo.

—¿Hay algo en esta reacción que os llame la atención?

Alis prefirió guardar silencio. Ante la falta de respuestas, apareció proyectada una imagen que mostraba lo mismo, pero representando cada elemento con círculos de distintos colores.

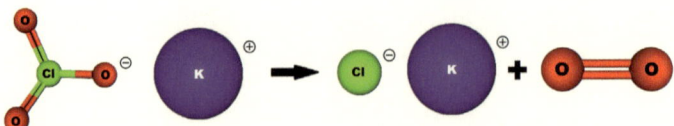

Julia dijo en voz alta:

—El clorato de la izquierda tiene tres átomos de oxígeno y la molécula de oxígeno gaseoso de la derecha tiene solamente dos. En la reacción se ha perdido un átomo de oxígeno.

—¡Muy bien Julia! Te has dado cuenta de que esta reacción no está «ajustada», porque hay distinto número de átomos a ambos lados de la flecha. Pero hay dos hechos importantes a considerar: uno es que los átomos no se pierden así porque sí; el otro es que las moléculas nunca están solas. En cada uno de estos comprimidos —volvió a mostrar el frasco que tenía en la mano— hay miles, millones de moléculas. Vamos a plantear la reacción usando dos moléculas de clorato potásico a la vez…

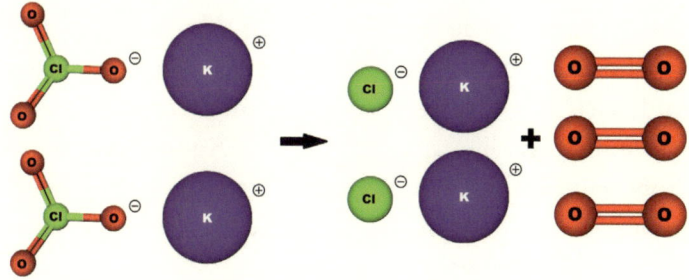

La imagen proyectada mostraba ahora esas dos moléculas de clorato potásico a la izquierda de la flecha, mientras que a la derecha había dos de cloruro potásico y tres de oxígeno gaseoso.

—…y veremos que ahora todo cuadra: hay el mismo número de átomos de cada elemento a la derecha y a la izquierda de la flecha. Dicho de otro modo: por cada dos moléculas de clorato potásico, obtendremos dos de cloruro potásico y tres de oxígeno gaseoso.

Antes de seguir hablando, volvió a la pizarra y, sobre la ecuación que ya había escrito, añadió un número delante de cada molécula:

$$2\ KClO_3 \rightarrow 2\ KCl + 3\ O_2$$

Acabáis de aprender el concepto de «estequiometría», que consiste en averiguar las proporciones en que reaccionan unas moléculas con otras.

Alis imaginó la estequiometría como una especie de rompecabezas, que no quedaba completo hasta encajar todas las piezas. De repente, desde su situación privilegiada junto a la puerta del aula, notó que alguien había deslizado un papel por debajo. Se levantó y lo cogió. Tenía un dibujo hecho a mano con un trazo ondulado y nueve pequeñas formas redondeadas, cinco de ellas más oscuras, colocadas simétricamente dentro de una circunferencia ligeramente achatada. Aquella disposición le resultó vagamente familiar. Podría ser una serpiente, acechando un nido con nueve huevos. O cualquier otra cosa. Se acercó a Irene y le entregó el papel.

—Lo han echado por debajo de la puerta —dijo tímidamente.

La profesora lo miró con indiferencia durante unos segundos, pero luego su gesto cambió. Giró el dibujo noventa grados y pareció esforzarse por disimular su asombro.

—Muchas gracias, Alis, vuelve a tu asiento por favor.

Guardó la hoja en su carpeta y se apresuró a continuar con la clase.

—Si todos los átomos están formados por las mismas partículas, ¿pesarán todos lo mismo?

Alis tenía una opinión al respecto, pero no dijo nada. Javi levantó la mano.

—Cada elemento tiene un número distinto de protones y electrones, entonces, cuantos más protones y electrones tenga, más pesará ese elemento.

—Así es —confirmó Irene—, pero no te olvides de los neutrones. Un átomo típico de carbono tiene seis protones con seis electrones, pero su núcleo tiene además otros seis neutrones, que cada uno es casi como juntar un protón con un electrón. Por tanto, a efectos de peso, no podemos contar seis sino doce.

Volvió a proyectar la tabla periódica, que a estas alturas a todos les resultaba familiar. Señaló al elemento con el número seis.

—El primer día que vimos esta imagen, os dije que en cada casilla había un elemento con su nombre, símbolo químico, número atómico y masa atómica —mientras los mencionaba, fue señalando por orden, dentro del recuadro, a la parte inferior, central, superior izquierda y superior derecha—. Igual que el seis es el número de protones, el doce es el número total de partículas, sumando por un lado los protones con sus electrones y por otro los neutrones.

Pero allí no había un 12. Julia protestó:

—En la esquina de la masa atómica pone 12,011. No entiendo por qué tiene decimales y no es un número entero, ¿es que hay trozos de protones o algo así?

—No, nada de trozos. El motivo es que muestra un promedio entre todos los átomos de carbono que hay en la naturaleza. Antes dije que un carbono «típico» tiene seis neutrones, pero sabemos que hay isótopos como el carbono-13 y el carbono-14 que tienen siete u ocho neutrones, y por eso deben pesar un poco más que sus compañeros. Lo que pasa es que son escasos e influyen poco en el promedio general. Imagina un equipo de fútbol infantil en el que todos los jugadores pesan 12 kg. Si preguntáramos cuánto pesa en promedio un jugador del equipo, la respuesta sería…

Escribió en la pizarra:

(12 kg + 12 kg + 12 kg + 12 kg + 12 kg + 12 kg + 12 kg + 12 kg + 12 kg + 12 kg + 12 kg) / 11 jugadores = 12 kg/jugador

—El peso promedio de un jugador sería exactamente 12 kg. Pero ahora cambiemos al primero por otro jugador que pese 13 kg y volvamos a hacer el cálculo:

$$(\mathbf{13\ kg} + 12\ kg + 12\ kg + 12\ kg + 12\ kg + 12\ kg + 12\ kg + 12\ kg + 12\ kg + 12\ kg + 12\ kg) / 11\ \text{jugadores} = \mathbf{12{,}09}\ kg/\text{jugador}$$

—Como veis, un único jugador de distinto peso cambia el promedio del equipo. Lo mismo pasa con los isótopos de los distintos elementos: aunque sean escasos, provocan que las masas atómicas tengan decimales —añadió, señalando sobre la tabla las de varios elementos, todas ellas con decimales.

—Todo esto no sirve para nada —dijo Pepe, al parecer harto de tanta explicación.

Irene suspiró.

—Entiendo que no le veas aplicación en este momento. Quizá si yo estuviese sentada en tu pupitre, pensaría lo mismo. Pero en pocos años, algunos de vosotros seréis químicos, físicos, farmacéuticos o médicos y utilizaréis estos conceptos diariamente. Incluso si elegís otra profesión y llegáis a convertiros en grandes chefs, os dedicáis a la construcción, a la agricultura, o a la industria alimentaria, comprender todo esto os dará ventaja para enfrentaros a los retos que os van a surgir. Si vuestro plan es pasaros la vida tumbados en un sofá jugando a videojuegos, efectivamente, esto no sirve para nada.

—Quizá le veríamos más utilidad con algún ejemplo —sugirió Javi, intentando esquivar la aparente decepción de Irene con el grupo.

—¡Vamos a ello! —dijo la profesora, como si alguien la hubiese rescatado de un pozo—. Este dato nos sirve para calcular la masa molecular, es decir, que sumando las masas de todos sus átomos obtenemos la masa de la molécula. Para simplificar los cálculos, redondearemos a números enteros.

Irene mostró en la pizarra cómo calcular las masas de las moléculas que intervenían en la reacción que había explicado. Pidió a Javi que usara la calculadora de su móvil y le fuera dictando los resultados. Era algo que Alis ya había hecho en su cuaderno.

$$KClO_3 = 39 + 35 + (16 \times 3) = \mathbf{122}$$
$$KCl = 39 + 35 = \mathbf{74}$$
$$O_2 = 16 \times 2 = \mathbf{32}$$

—Para trabajar con estequiometría necesitamos utilizar una unidad llamada «mol», que es tan sencilla como expresar la masa molecular en gramos. Según esto, un mol de clorato potásico son 122 gramos, un mol de cloruro potásico son 74 gramos y un mol de oxígeno molecular son 32 gramos. La idea fundamental aquí es que un mol de cualquier sustancia siempre tiene el mismo número de moléculas. Si captáis bien este concepto, podréis hacer todos los problemas de química que se os planteen sin ninguna dificultad. Y vamos con el primero: este frasco contiene 20 gramos de clorato potásico. Si consigo descomponerlo totalmente, ¿cuántos gramos de cloruro potásico y cuántos de oxígeno voy a obtener? Os dejo un rato para pensarlo.

Alis miró atentamente la reacción ajustada de la pizarra, que también había copiado al cuaderno:

$$\mathbf{2}\ KClO_3 \rightarrow \mathbf{2}\ KCl + \mathbf{3}\ O_2$$

La simplificó dividiendo todos los coeficientes por dos:

$$\mathbf{1}\ KClO_3 \rightarrow \mathbf{1}\ KCl + \mathbf{1{,}5}\ O_2$$

Y luego razonó: «Esto significa que por un mol de clorato voy a obtener un mol de cloruro y un mol y medio de oxígeno. Pero no tengo un mol, tengo 20 gramos que son…». Utilizó la calculadora de su móvil y obtuvo un resultado con muchos decimales. Decidió anotar solamente cuatro.

$$20 \text{ g} / 122 \text{ g/mol} = 0,1639 \text{ mol}$$

«Como tengo 0,1639 moles de clorato, obtendré 0,1639 moles de cloruro y (0,1639 x 1,5) = 0,2459 moles de oxígeno. Ya solamente me queda convertir estos moles a gramos»

Cloruro potásico: 0,1639 mol x 74 g/mol = 12,1286 g
Oxígeno: 0,2459 mol x 32 g/mol = 7,8688 g

Antes de que Alis terminase de hacer sus cálculos, Javi levantó la mano y fue invitado por Irene a subir al estrado y explicar a sus compañeros lo que había obtenido. El alumno reprodujo los mismos pasos que había dado Alis para calcular los gramos de cloruro. Pero al calcular el oxígeno hizo algo que la sorprendió y que justificaba que hubiese terminado antes:

—Usted dijo que en la reacción los átomos no se pierden, por eso, si de los 20 gramos de clorato se obtienen 12,1286 gramos de cloruro, el resto será oxígeno:

$$\text{Oxígeno: } 20 \text{ g} - 12,1286 \text{ g} = 7,8714 \text{ g}$$

—¡Muy bien! Me encanta el modo en que has combinado los distintos conceptos que hemos aprendido estos días. Con ellos podéis resolver cualquier problema similar, sean cuales sean los compuestos que reaccionen.

Alis notó que la cantidad de oxígeno calculada por Javi variaba respecto de la suya, pero no le extrañó porque en operaciones con tantos decimales, al recortar algunos se generaban necesariamente pequeñas imprecisiones.

Julia levantó la mano:

—Ha dicho que un mol de cualquier sustancia siempre tiene el mismo número de moléculas, pero no ha dicho cuántas son.

—¡Buena pregunta! Esa cifra se conoce como el «número de Avogadro» y es tan grande que para abreviarlo se expresa como una potencia de 10. Aquí lo tenéis también sin abreviar.

Escribió en la pizarra dos números, uno debajo de otro:

$$6,022 \times 10^{23} \text{ unidades / mol}$$
$$602.214.076.000.000.000.000.000 \text{ unidades / mol}$$

—Esto significa que cada mol de un elemento contiene más de seiscientos mil trillones de átomos. Si hablamos de compuestos, un mol de determinada sustancia igualmente contiene esta cantidad de moléculas. Para ayudarnos a comprender su magnitud, se suele decir que supera con creces al total de granos de arena en todas las playas de la Tierra —Irene había bajado del estrado y caminaba lentamente entre los pupitres—. Con esto terminamos por hoy. El lunes os espero en el laboratorio de ciencias, para una práctica en la que veremos cómo algunas moléculas pueden romperse de manera bastante violenta para convertirse en otras con propiedades totalmente diferentes.

Sonó el timbre y los alumnos se pusieron de pie en medio de un gran murmullo y empezaron a recoger sus lápices y cuadernos.

En el recorrido de vuelta hacia su mesa, Irene hizo una extraña afirmación dirigiéndose a Alis directamente:

—Parece que alguien está adelantando trabajo…

—¿Qué quiere usted decir? —replicó ella, desconcertada.

—Me refiero a este papel, evidentemente —dijo la profesora señalando la factura que ocupaba el asiento vacío de Diego.

—No es mío, me lo encontré… —se excusó, poco convencida.

—Mi querida Alis, tengo ya una edad en la que cuesta creer en casualidades…

Irene volvió a su mesa, dejando a Alis con la boca abierta, sin saber cómo interpretar aquel comentario, mientras sus compañeros recuperaban las mochilas de viaje del rincón donde las dejaron al entrar.

—Antes de que os marchéis, quiero haceros una pregunta: ¿Alguna vez habéis estado dentro de una estrella? Y no me refiero a los disfraces de la fiesta de fin de curso. Hablo de estrellas de verdad, como las que podemos ver en el cielo cuando salimos al campo por la noche. ¿Habéis estado alguna vez en su interior? ¿En su mismo centro?

La respuesta obvia era un enorme «NO». Pero si era tan evidente, ¿por qué la profesora había lanzado aquella cuestión absurda con su habitual tono misterioso? Tenía que haber algo más que a Alis se le escapaba. Y eso le fastidiaba. Varios alumnos se miraban perplejos, mientras otros se reían abiertamente. Tenía que ser una broma.

11

Herrerías

En el aparcamiento de la Alhambra, el autobús les estaba esperando con las dos puertas y el maletero abiertos. Algunos padres hacían guardia junto a él para desear buen viaje a sus hijos, pero no era el caso de Alis, que se había despedido de su madre en casa por la mañana, mientras ambas repasaban la lista de su mochila de viaje. Su padre lo hizo poco después, al dejarla en el colegio. Aunque parecía incómodo, con un largo abrazo la había animado a disfrutar de la experiencia.

Don Tomás se había erigido en estricto controlador de las grandes mochilas y alguna que otra maleta que iban llegando a sus manos. Las iba recogiendo de los alumnos y entregando al conductor, quien pacientemente las ubicaba en el portaequipajes, construyendo un rompecabezas tridimensional digno de un diestro jugador de Tetris. El profesor también se aseguraba de que todos los excursionistas llevaran en la mano una bolsa de plástico, con un bocadillo y bebida, y de que los más retrasados le entregaban las autorizaciones.

En su camino desde el colegio hasta el autobús, Alis había acelerado el paso, adelantándose a la mayoría de sus compañeros y dejando atrás a Julia y a Javi. Tenía sus motivos. La extrema blancura de su piel no soportaba los rayos del sol durante mucho rato sin protección, por lo que en viajes largos le obsesionaba ocupar una posición que le garantizase el máximo de tiempo a la sombra.

Alis entregó su mochila, subió por la puerta trasera del autobús y rápidamente ocupó el asiento que previamente había previsto. En este viaje de Granada a Cazorla iban a desplazarse, por la tarde, de sur a norte. Eso significaba que el sol ya habría superado su posición más alta y estaría cayendo hacia el oeste, incidiendo la mayor parte del tiempo por el lateral izquierdo del vehículo, que tenía dos hileras de asientos a cada lado, separados por un pasillo central. Por eso, su intención era ocupar un asiento junto a las ventanillas de la derecha, ni muy delante ni muy detrás. De haber iniciado el viaje por la mañana, habría optado por el lado opuesto.

Tan pronto ocupó el asiento elegido, se sintió tranquila y fue cuando pensó que, al faltar Diego, el trayecto le resultaría más ameno si Javi se sentaba a su lado. Le parecía simpático y durante la visita a la Facultad había demostrado bastante determinación, algo que Alis siempre admiraba. Cuando le vio aparecer por la puerta delantera del autobús, hizo un gesto con la mano al que él respondió de igual modo. Se dirigió hacia ella y casi consigue su propósito, si no fuese porque Julia había entrado ágilmente por la puerta trasera y ya se había sentado junto a Alis. Javi miró a ambas con una sonrisa y ocupó el asiento más próximo a Julia, al otro lado del pasillo. El resto de compañeros fue llenando el autobús que, tras las últimas despedidas, cerró sus puertas y se puso en marcha.

—Bueno chicos, vuestra única obligación hasta que volvamos es pasarlo bien sin meter la pata, que nos conocemos —dijo Don Tomás por la megafonía del vehículo—. Yo no estoy para sandeces. Hay unas normas que respetar y, el que no se porte bien, sabe que tendrán que venir sus padres a recogerle, cual basurero que retira la inmundicia. Y ya podéis comer, pero no tiréis migas, que los asientos tienen que quedar como si nunca hubierais hollado su inmaculada pulcritud con la sutil caricia de vuestros delicados traserillos.

Aquellos intentos literarios del profesor de literatura, que siempre causaban murmullos de risas, esta vez estuvieron también acompañados del rumor de bolsas abriéndose.

—¿Habéis visitado Cazorla antes? —preguntó Javi a sus compañeras.

—Yo estuve una vez con mi madre, cuando volvíamos de la boda de mi prima —dijo Julia—. Pero no nos quedamos a dormir, solamente hicimos una ruta andando alrededor de un monte, no me acuerdo del nombre. De lo que sí me acuerdo es de las ampollas que me salieron en los pies. Los zapatos de tacón por aquél camino de tierra me hicieron rozaduras por todas partes.

—Yo nunca he estado —intentó decir Alis, aunque no supo si su voz había logrado abrirse paso a través de la perorata de Julia.

—¿Cómo se te ocurrió hacer senderismo con tacones? —preguntó Javi, divertido.

—En verdad, podría haberme puesto unas zapatillas de deporte, pero aquellos zapatos rojos eran los únicos que le iban bien a mi chándal. ¡Me quedaba espectacular! Ja, ja, ja… —rió.

Mientras se incorporaban a la autovía en sentido norte y devoraban las viandas, Julia, que apenas comía, les siguió obsequiando con detalladas descripciones de cada una de las decenas de tiendas que ella y su madre habían visitado meses antes, cuando se preparaban para esa boda, y del color, forma y tejido de cada uno de los vestidos que se habían probado, hasta tomar una difícil decisión: comprarse los primeros que habían visto en la primera de esas tiendas. Javi intentó en un par de ocasiones cambiar de conversación, sin conseguirlo. Alis se limitaba a asentir de vez en cuando, comiendo en silencio y escuchando sus álbumes favoritos de Pink Floyd, Supertramp y London Grammar por los pequeños auriculares inalámbricos que se había colocado disimulados bajo el pelo. Algunos de sus gustos musicales eran poco comunes para su edad, consecuencia de las innumerables veces que, desde muy pequeña, escuchaba la música que ponía su padre en el coche, camino del colegio. De vez en cuando, intercambiaba algún intrascendente mensaje de texto con Diego, consciente de que la pantalla de su móvil quedaba plenamente a la vista de Julia.

Dejaron atrás Jaén y después Úbeda. Pocos kilómetros más adelante, abandonaron la autovía y se adentraron por una carretera secundaria. Don Tomás retomó el micrófono.

—Ya os lo conté, pero como sé que no me hacéis caso, os lo recuerdo. Vamos a visitar el parque natural de las Sierras de Cazorla, Segura y Las Villas, que está al noreste de la provincia de Jaén y tiene una extensión de 214.336 hectáreas. Es el mayor espacio protegido de España y el segundo de Europa. Está declarado como Reserva de la Biosfera por la UNESCO desde 1983, como parque natural desde 1986 y como Zona de Especial Protección para las Aves (ZEPA) desde 1988 —para Don Tomás, no había mejor fuente de sabiduría que Wikipedia—. Nos alojaremos en la zona del Puente de las Herrerías. Las damas dormirán en el hotel, en aposentos dobles. Los caballeros pernoctarán en cabañas de madera ubicadas en la floresta cercana, en grupos de cuatro.

Alis se sintió discriminada. ¿Por qué no podía ella dormir en una cabaña de madera?

—¡Qué bien! —exclamó Julia— ¡Vamos a compartir habitación!

—¡Estupendo! —dijo Alis, fingiendo el mismo entusiasmo.

A medida que se adentraban en aquella carretera rodeada de montes, todos observaron cómo la cobertura de sus móviles se iba y volvía de manera aleatoria, lo que les hizo perder interés por sus pequeños dispositivos y empezar a observar los alrededores con mayor atención. Cuando el autobús se detuvo, bajaron y su primera reacción fue admirar el paisaje que les rodeaba: el río, el bosque, los pájaros… todo parecía tan lleno de vida…

En general, Alis disfrutaba mucho viajando, porque su innata curiosidad se desplegaba como los pétalos de una flor cada vez que visitaba un lugar nuevo. Pero si ese lugar estaba en la naturaleza, le inundaba una libertad difícil de describir. No necesitaba contar los árboles, ni calcular la altura de los montes cercanos, ni clasificar las piedras por su forma o tamaño. Las plantas, el terreno, las nubes iluminadas por el sol del atardecer, abarcaban una gama de colores tan amplia y variada que no tenía sentido establecer agrupaciones artificiales. Su mente se serenaba en ese entorno, donde todo ocupaba una posición que no era preciso medir ni justificar.

Recogieron sus equipajes y se dirigieron a la recepción del hotel. Julia se aseguró de situar su maleta junto a la mochila de Javi. Una por una, Don Tomás fue repartiendo las llaves a cada grupo de dos o de cuatro. Javi y Pepe ocuparían la cabaña 8 con otros compañeros. Alis y Julia, la habitación 104.

—En este plano tenéis la ubicación de las cabañas —dijo señalando un diagrama del complejo pintado en la pared—.

Están muy cerca, no tiene pérdida. Las habitaciones de las damas están arriba. La mía es esta —señaló una puerta próxima— por si os surge cualquier urgencia. Ahora id a acomodaros y en una hora os espero para cenar en la terraza del restaurante. Poneos ropa de abrigo, que aquí refresca bastante cuando Ra traspasa los labios de Nut.

Nadie entendió aquella expresión, aunque por el contexto asumieron que se refería al anochecer. Alis pensó que tendría que investigarlo. El profesor continuó:

—Reconoceréis la mesa que nos han preparado por el aguerrido porte y singular donaire del ilustre caballero que os esperará sentado en un extremo de la misma, o sea, mi persona.

Después de las acostumbradas risas, que Don Tomás siempre interpretaba como indubitables alabanzas hacia su florido ingenio literario, los alumnos comenzaron a dispersarse. Las chicas escaleras arriba y ellos hacia el exterior del edificio. Julia agarró su maleta por el asa y simuló no poder levantar el peso.

—¿Quieres que te suba la maleta a la habitación? —preguntó Javi, que no parecía haber detectado el truco.

—¡Oh! ¡No sabes cuanto te lo agradezco! Creo que esta vez me he pasado con el equipaje —respondió ella, fingiéndose abrumada por tanta amabilidad y exhibiendo el llavero del que colgaba una enorme placa con el número 104—.

Alis había observado la escena asqueada, pero no dijo nada. Iba subiendo tras ellos cuando Julia se dio la vuelta y le susurró al oído:

—Es increíble lo ingenuos que son los chicos a esta edad.

Alis pensó «¡Pero si tenemos la misma edad! Y además, todos los chicos no son iguales». Aunque reconocía que Javi se había

comportado de manera bastante inocente. El improvisado bo-
tones dejó la maleta en la puerta de la habitación y se despidió:

—Tengo que buscar mi cabaña, nos vemos en la cena, ¿OK?

—Vale —dijo Alis.

—¡Vale! —repitió Julia, abriendo la puerta.

Cuando Javi bajó, todos se habían marchado y su mochila
permanecía solitaria en la recepción. Volvió a echar un vistazo
al diagrama de la pared, cargó la mochila y salió.

12

Latitud

Alis pidió ducharse la primera, principalmente para escapar unos minutos de la incontinencia verbal de Julia. Cuando dejó libre el cuarto de baño, lo ocupó su compañera escoltada por una bolsa de aseo y una toalla, ambas de color malva.

La cobertura de la red móvil en toda la zona seguía siendo inestable, pero Alis había comprobado que, si dejaba los mensajes escritos, éstos se enviaban cuando el teléfono detectaba señal y también en ese momento recibía los pendientes. Así pudo informar de que había llegado sin contratiempos a sus padres y a Diego y también supo que éste intentaba estudiar la documentación que habían descargado de Livyos aprovechando los pocos ratos de lucidez que le permitían los calmantes.

Su amigo le contó por escrito que había encontrado más facturas: pequeños drones, receptores GLONASS, tubos de vidrio y de celulosa, tapones de zinc… También había un documento peculiar titulado *Herostratus.txt*, que aparentemente contenía una lista de coordenadas:

38.26892 S, 2.66266 Z	37.98639 S, 2.86958 Z
38.14079 S, 2.86409 Z	38.15078 S, 2.65570 Z
37.90022 S, 2.94374 Z	38.04168 S, 2.92209 Z
38.07152 S, 2.70688 Z	38.22944 S, 2.79311 Z
38.04649 S, 2.82671 Z	38.01156 S, 2.77203 Z

Lo siguiente que recibió fue un mensaje de audio, que escuchó por los auriculares mientras se preparaba para bajar a la cena:

—Las coordenadas geográficas tienen dos partes llamadas «latitud» y «longitud», que se miden en grados y sirven para ubicar cualquier punto en la Tierra —decía Diego usando el tono de voz más didáctico de que era capaz—. Para entenderlas, hay que imaginarse dos círculos. Uno es el ecuador, que divide al planeta horizontalmente en dos hemisferios: norte y sur. El otro círculo imaginario es el meridiano de Greenwich, que pasa por los dos polos y también por un distrito de Londres que tiene ese nombre, dividiendo verticalmente la esfera terrestre en otros dos hemisferios: este y oeste.

La mayoría de aquellos conceptos los había escuchado antes, pero no le venía mal esta introducción. Alis se preguntó por qué Greenwich era la referencia para todo el sistema internacional de coordenadas. Tendría que investigarlo. Pero el audio de Diego era largo y quería escucharlo completo antes de bajar a cenar. Aumentó la velocidad de reproducción.

—La «latitud» indica qué tan lejos está un punto del ecuador, ya sea hacia el norte o hacia el sur. La «longitud» nos da su distancia al meridiano de Greenwich, puede ser hacia el este o hacia el oeste. En la lista que encontramos, la S debe ser latitud «sur», o sea, esos puntos estarían unos 37-38° al sur del ecuador. Pero la Z me confunde, porque ahí debería haber una E de «Este» o una O de «Oeste», o bien una W, porque oeste en inglés es «West». Pero sea este u oeste, todos los puntos se encuentran al sur del océano Atlántico, cerca de Sudáfrica.

Alis se sintió defraudada. No disponía de un barco para desplazarse miles de kilómetros para echar un vistazo, de modo que aquella información le resultaba completamente inútil. Respondió con un mensaje agradeciendo a Diego sus pesquisas, se recogió el pelo en una coleta y se colocó unas zapatillas blancas de deporte, junto con un chándal y una sudadera igualmente blancos. Su compañera se había enfundado en un vestido ajustado estampado con flores malva, un anorak malva y unos zapatos malva de tacón. Y llevaba diez minutos peinando sus rizos escarlata ante el espejo.

—Yo me bajo ya —dijo Alis tímidamente.

—¡Vamos! —respondió Julia soltando el cepillo como impulsada por un resorte.

Cuando ambas llegaron a la terraza del restaurante, además de reconocer a un singular caballero de aguerrido porte, vieron a todas las chicas en el extremo opuesto de la larga mesa, mientras que los chicos se habían sentado próximos al profesor. Alis y Julia ocuparon los dos únicos asientos libres en el sector de las chicas.

Cuando Javi apareció poco después, de entre los árboles próximos, su única opción era sentarse entre Pepe y Don Tomás. Llevaba unos prismáticos colgados del cuello. Se acercó a sus compañeras de autobús y les dijo en voz baja:

—Tengo un plan para después de cenar, si os apetece. Luego os lo cuento.

—Vale —dijeron ambas casi al unísono.

Alis aprovechó aquella interrupción para pillar desprevenida a Julia e iniciar una conversación con sus vecinas de mesa que no versara sobre vestidos, zapatos o la ingenuidad de sus compañeros varones:

—¿Qué creéis que significa la pregunta que nos ha hecho Irene esta mañana, al final de la clase?

—No tengo ni idea, aunque debe tener relación con todo lo que nos ha explicado de los átomos —dijo una de las chicas—. Tenía pensado buscar información en Internet, pero con la cobertura que hay aquí es imposible.

—Yo creo… —empezó a decir Alis.

Julia alargó el brazo para tomar un trozo de pan de una bandeja que quedaba a cierta distancia. Aparentemente, no había visto el vaso de zumo de naranja de Alis, que se derramó por la mesa y más abajo, chorreando por su pantalón blanco y manchando también sus zapatillas.

—Ay… lo siento… —dijo, con el mismo tono de asombro que había utilizado cuando Javi se ofreció a subir sus maletas.

A partir de ese momento, Julia volvió a liderar la conversación y ya nadie retomó el tema anterior.

13

Casiopea

Terminada la cena, Don Tomás se dirigió al grupo:

—Mañana viernes el desayuno es a las nueve y media y después haremos senderismo por la «Cerrada del Utrero».

—¡Esa es la ruta que hice con mi madre! —dijo Julia a sus vecinas de mesa.

—Y ahora vamos a pasarlo bien. Habrá baile en el salón del hotel con música y refrescos hasta las once. Y después, ¡cada cochino a su pocilga!

Todos rieron. Mientras sus compañeros se levantaban y empezaban a caminar hacia el edificio del hotel, Javi aprovechó su cercanía al profesor:

—Don Tomás, a algunos nos gustaría dar un paseo, ¿nos da permiso?

—No le veo problema, pero si veis jabalíes, manteneos alejados. Y como no estéis de vuelta antes de las once, mando a la Guardia Civil a buscaros.

—No se preocupe, aquí estaremos.

—Los prismáticos no van a servirte de nada en la oscuridad —objetó el profesor señalando los que colgaban del cuello de Javi—. ¿Llevas linterna?

—He cargado mi móvil a tope, da para varias horas de flash. Además, lo tengo en «modo avión» para ahorrar batería, porque mi compañía telefónica no tiene cobertura aquí.

—Sí, la cobertura es pésima en general. Bueno, de todos modos no os alejéis, que «comadreja que la madriguera deja, puede acabar como la corneja».

Javi pensó que debería reírse, pero no le salió. Simplemente asintió con la cabeza. Alis y Julia se acercaron:

—¿Vas a contarnos tu plan? —dijo la segunda.

Como siempre que estaban juntas, Alis encontraba difícil encajar alguna frase.

—Muy cerca de aquí hay un monte al que me gustaría subir. En esta zona casi no hay contaminación lumínica. Estamos acostumbrados a las ciudades, donde el alumbrado público nos impide ver las estrellas más débiles, pero aquí es muy diferente.

—¡Superguay! —exclamó Julia en nombre de las dos.

—Me gustaría cambiarme… —dijo Alis señalando las zonas anaranjadas de su pantalón y su calzado.

—No te preocupes, en el bosque nadie va a ver esas manchas —replicó Javi, liderando la marcha.

Se adentraron en la oscuridad que rodeaba la terraza del restaurante utilizando las potentes luces LED de sus móviles, en dirección al camino de tierra que subía por la ladera del monte. De vez en cuando, se veían obligados a esquivar grandes piedras o algún arbusto que invadía el sendero. Julia arrancó al pasar una rama y la acercó a su nariz.

—Me encanta el aroma del romero —dijo.

Alis pensó que, si cada excursionista hacía lo mismo, en poco tiempo no quedaría ni rastro de aquella pobre planta. Mientras, Javi sintió la necesidad de justificarse.

—Es que soy aficionado a la astronomía y tengo un pequeño telescopio con el que me gusta observar el cielo cuando tengo ocasión. Siento que me conecta con el Universo —confesó, ligeramente abochornado por haber pronunciado una frase que a él mismo le sonaba cursi—. Pero no es portátil, he tenido que conformarme con traer estos prismáticos.

—A mí también me encanta la astrología, ¿de qué signo sois? —preguntó Julia dirigiéndose a ambos.

Alis tuvo que bucear en su memoria. Su signo zodiacal no era algo que tuviera presente en el día a día:

—Piscis —dijo finalmente.

—Yo soy Géminis —añadió Javi, descolocado por la pregunta.

—Yo Cáncer. Soy súper compatible con vosotros. Pero Piscis con Géminis… vosotros dos sois dinamita, apuesto a que acabaréis peleados antes de que volvamos, ja, ja, ja —apostilló Julia entre risas.

—Bueno, yo no creo mucho en la influencia de los signos del zodíaco… —insinuó tímidamente Javi.

—¡Pero si acabas de decir que estás conectado con el Universo! ¡Tu signo es la conexión! —Julia lo tenía claro—. Hay doce constelaciones y, según donde estaba el sol al nacer cada persona, le sale un carácter diferente.

—Bueno, yo dije que era aficionado a la «astronomía», que es el estudio científico de los cuerpos celestes, su naturaleza y su movimiento. Aunque en la antigüedad estuvo unida a la «astrología», ahora están muy separadas. Ese paralelismo entre cómo nos comportamos y la posición del sol cuando nacimos no tiene base científica.

—¿No es científico que hay doce constelaciones? —objetó Julia.

—Para empezar, las constelaciones no existen —sentenció Javi.

Julia estaba casi tan indignada como Alis divertida, mientras seguían avanzando.

—Quiero decir que no existen en la naturaleza, son un invento humano —continuó Javi—. Cuando los antiguos miraban al firmamento, veían que unos puntos eran más brillantes que otros y su cerebro los conectaba entre sí, imaginando formas: un cisne, un águila, un león... Como cuando vemos nubes con forma de elefante o de avión. Además, las estrellas de cada constelación no están «agrupadas». Al verlas desde la Tierra parecen próximas, pero si viajásemos a una de ellas, no sabríamos reconocer a qué constelación pertenece. De todos modos, como están fijas en nuestro cielo, resultan muy útiles para localizar la posición de las estrellas, los planetas y otros objetos celestes.

—Aunque las formas sean inventadas —justificó Julia, que necesitaba imperiosamente tener razón en algo—, es un hecho científico que el sol pasa cada año por todas las constelaciones.

—No exactamente... —respondió Javi, quien empezaba a temer que ser Géminis no iba a protegerle de la ira que la «súper compatible» Cáncer iba acumulando contra él—.

En ese momento, llegaron al claro que abarcaba la cima del monte. Javi se detuvo y todos apagaron sus móviles. Durante el trayecto no habían podido apartar la mirada del suelo, para no tropezar por el accidentado camino. Pero cuando miraron hacia arriba, el espectáculo sobre sus cabezas les sobrecogió. Un firmamento poblado por miles de puntos luminosos de diferente intensidad, esparcidos prolíficamente por todas partes, les hizo

mantenerse en silencio, contemplando la maravilla que les rodeaba. Las chicas estaban abrumadas, sin saber hacia dónde dirigir
la mirada. Dos puntos especialmente brillantes destacaban al
sur, cerca del horizonte, y entre ellos podía verse una franja que
ascendía verticalmente, más clara y poblada de estrellas que el
resto de la esfera celeste.

—Aquellos puntos son Saturno y Júpiter —dijo Javi señalando con el dedo—. Y la franja que sube es la Vía Láctea, nuestra
galaxia, a la que pertenecen todas las estrellas que podemos ver.

Apuntó los prismáticos a Saturno y después los descolgó de
su cuello y los puso en el de Alis:

—Si te fijas bien, podrás ver los anillos —le dijo señalando
el punto luminoso que destacaba a la izquierda.

Cuanto más se acostumbraban sus ojos a la oscuridad, mayor
era el número de objetos brillantes en el cielo. Alis apuntó en la
dirección indicada sin llegar a distinguir ningún anillo, aunque el
puntito no se veía redondo sino achatado. Llegó a la conclusión

de que sí estaba viendo los anillos, como una deformación del disco planetario.

—¿Los has visto? —preguntó Javi.

—Creo que sí —respondió insegura Alis.

Julia tiró de los prismáticos y los situó ante sus ojos, obligando a su compañera a ponerse de puntillas y estirar el cuello para no ser estrangulada.

—Mentirosa, no se ven —espetó, dejando caer el instrumento—. Y además, me estabas diciendo que el sol no recorre las constelaciones.

Alis evitó con las manos la caída de los prismáticos contra su pecho. Javi inspiró profundamente.

—Imagina que durante un partido de fútbol el árbitro está en el centro del campo y uno de los jugadores corre en círculos a su alrededor. Desde el punto de vista del jugador, unas veces le parecerá que el árbitro está delante de su propia portería y otras que está delante de la portería contraria. Pero en ningún momento se han movido ni el árbitro ni las porterías. Ahora cambia las porterías por las doce constelaciones del zodíaco y pon al sol en el centro del campo. Cuando damos vueltas a su alrededor, cada vez nos parece que el sol está delante de una constelación diferente. Pero insisto: ni el sol ni las constelaciones se han movido, somos nosotros los que nos movemos.

—Es lo mismo, el sol visto desde la Tierra va recorriendo todas las constelaciones a lo largo del año—protestó Julia.

—Vale, pero hablas como si hubiera solamente doce constelaciones, cuando actualmente se reconocen ochenta y ocho. Habrás visto diagramas del Sistema Solar donde las órbitas de todos los planetas se dibujan en un mismo plano, que es «la eclíptica». Por tanto, desde la Tierra, no podemos ver al sol delante de cualquier constelación, solamente delante de las que quedan a la altura de la eclíptica, que son las doce constelaciones zodiacales. Y como los demás planetas también se mueven en el mismo plano, ocurre lo mismo con ellos: siempre los vemos pasando por alguna de las constelaciones del zodíaco.

Alis escuchaba atentamente. La mayoría de los conceptos le sonaban, pero nunca se había parado a pensar sobre ellos con tanto detalle. Tras un breve silencio, dijo casi para sí misma:

—Estaría bien ser capaz de reconocer algunas constelaciones…

—Las más famosas son las Osas Mayor y Menor, que son fáciles de ver porque tienen forma de cazo. Las tenemos allí —Javi se había girado casi 180°, hacia el norte—. Ahora mismo la Osa Mayor acaba de salir por encima del horizonte. Las dos estrellas de la derecha se llaman «Merak» y «Dubhe».

Aquellos exóticos nombres resonaron en la mente de Alis. Tendría que investigar su origen. Julia permanecía en silencio, seguramente con los pies doloridos, por su genial idea de ponerse tacones para la cena, y tratando de asimilar lo que había dicho Javi. Éste continuó su explicación:

—Se dice que estas dos estrellas son «apuntadoras», porque si tomas la distancia que las separa y la prolongas cinco veces, llegas a la estrella Polar. Este truco lo han utilizado los marinos desde el inicio de la navegación para encontrar el norte, porque la estrella Polar es la única que parece estar fija en el firmamento, mientras que todas las demás van girando a su alrededor. Pero igual que os dije antes: ellas no se mueven, es la Tierra la que da vueltas sobre sí misma.

Mientras Alis iba trazando líneas imaginarias por el cielo, un remoto recuerdo afloró en su cabeza, de cuando era muy pequeña y su madre le había enseñado el mismo truco, una noche de primavera, en mitad de una huerta inundada de olor a azahar.

—Más arriba —continuó Javi— está la Osa Menor, que tiene la misma forma de cazo pero es más pequeña y menos brillante. Y si te fijas en el mango, la tercera estrella vuelve a ser la Polar, así que ya tienes otro truco para localizarla y saber dónde está el norte.

—Esas otras forman una W… —dijo Alis señalando un poco a la derecha.

—Es la constelación de Casiopea —respondió Javi—. Según la mitología griega, Casiopea estaba casada con Cefeo, el rey de Etiopía. Era una reina tan vanidosa y presumida que Poseidón, el dios del mar, envió al monstruo marino Ceto a arrasar el reino para castigarla. Cefeo y Casiopea preguntaron a un oráculo cómo podían salvar Etiopía y les respondió que ofrecieran a su hija Andrómeda en sacrificio. Entonces, encadenaron a Andrómeda a unas rocas junto al mar, para que Ceto la devorase.

Las chicas quedaron horrorizadas por aquella historia. Javi se sintió obligado a continuar:

—Pero el héroe Perseo liberó a Andrómeda cuando venía de vencer a otro monstruo, Medusa, que tenía serpientes en lugar de cabello y podía petrificar con la mirada. Perseo utilizó la cabeza cortada de Medusa para convertir a Ceto en coral, así que salvó a Andrómeda y se casó con ella. Y como Poseidón seguía queriendo castigar a Casiopea, la subió a la cúpula celeste atada a un trono, para que por las noches diera vueltas eternamente… —señaló de nuevo la W celeste.

—¡Madre mía! Si hay esa historia detrás de una sola constelación, no me puedo imaginar el resto —dijo Alis asombrada y pensando que investigar todo aquello le llevaría mucho tiempo.

—No pretenderás explicarnos esta noche las ochenta y ocho constelaciones, supongo —intervino Julia, que, de vez en cuando, parecía regresar de su periodo reflexivo.

—¡Claro que no! Pero varios personajes de esta historia tienen su propia constelación alrededor de Casiopea. Ahí tenemos a Cefeo, Andrómeda, Perseo…

Aunque iba señalando con el dedo mientras hablaba, las formas y ubicaciones de estas nuevas constelaciones no quedaban nada claras.

—Reconozco que no son tan fáciles de identificar como Casiopea… ¡Esperad!

Javi volvió a sacar su móvil, pero esta vez no encendió la linterna, sino que abrió una aplicación concreta. La pantalla se iluminó con multitud de puntitos rojos sobre fondo negro.

—Hay muchas aplicaciones gratuitas parecidas a esta. Son una maravilla, una máquina de Anticitera moderna.

—¿Una máquina de Antici-qué? —preguntó Julia.

—Quería decir que esta aplicación tiene mucho en común con la «máquina de Anticitera», un mecanismo de la antigua

Grecia que girando unos engranajes reproducía la posición de la Luna y los planetas. Hasta podía predecir eclipses. Estaba tan adelantada a su tiempo, que no se volvió a fabricar nada parecido hasta mil seiscientos años más tarde, en el siglo XIV.

—Y supongo que la construyó el filósofo Anticitera, ¿no?

—Pues en verdad... no —Javi parecía incómodo por tener que rebatir todo lo que salía por la boca de Julia—. Algunos creen que fue obra de Arquímedes, pero no se sabe. Tiene ese nombre porque se recuperó de un barco romano que naufragó junto a la isla de Anticitera, en el mar Egeo.

Alis recordó haber visto un documental sobre el tema, que le había asombrado. Pero no sabía que podía instalar en su móvil algo más avanzado y preciso. Y gratis.

—Esta aplicación es como la máquina de Anticitera, pero mucho más completa —continuó Javi—. Con el GPS ubica nuestra latitud y longitud; con la fecha y hora determina la posición en el cielo de cada estrella y de cada planeta; y usando la brújula y el giroscopio detecta el movimiento, así que es capaz de mostrarnos en la pantalla la parte del cielo hacia la que apuntamos el móvil. El color rojo es porque he puesto el «modo noche», para evitar que nos deslumbre.

Alzó el dispositivo y comenzó a moverlo a derecha e izquierda. La imagen de la pantalla se desplazaba coordinadamente, reproduciendo fielmente la distribución de puntos luminosos de cada zona del firmamento. Pero además, aparecían superpuestos los nombres de las constelaciones, junto con unas finas líneas que conectaban sus estrellas entre sí.

—¿Las veis mejor ahora?

Las chicas estaban fascinadas. Ahora podían distinguir fácilmente la constelación de Andrómeda y del resto de personajes cuya historia acababan de conocer. Y a medida que giraban hacia la derecha, iban nombrando y señalando: Piscis, Acuario, Capricornio… Al orientarse hacia el sur, apareció Saturno con sus anillos, aunque en la pantalla tenía un tamaño exagerado respecto a la realidad que podían apreciar con sus ojos o incluso con los prismáticos. A su derecha, estaba Júpiter.

—Si tuviéramos un telescopio, podríamos ver alrededor de Júpiter los 4 satélites galileanos, que se llaman así porque Galileo Galilei fue el primero que los describió. Y dos de ellos podrían tener océanos de agua líquida, por eso los científicos envían sondas buscando vida extraterrestre. Uno es Ganímedes, que es más grande que el planeta Mercurio, y el otro es Europa.

Alis intentaba memorizar aquellos nombres, que parecían esconder una historia interesante.

—Pero lo más peculiar de Júpiter —continuó Javi— es su Gran Mancha Roja: una gigantesca tormenta que empezó hace más de 400 años y que todavía sigue. En la aplicación podemos verla con detalle.

Amplió la imagen de Júpiter en la pantalla del móvil y pudieron ver claramente sus franjas horizontales y, destacada sobre una de ellas, la gran mancha.

—Saturno… Júpiter… son nombres de dioses mitológicos… —dijo Alis.

—Sí. En la mitología romana, Saturno era el padre de Júpiter, aunque no me preguntes lo que pasó entre ellos, ja, ja —rió Javi.

Sin duda, se estaba acordando de cómo habían reaccionado las chicas a la historia de Casiopea.

—Pero estos dioses, además de dar nombre a planetas, también se lo dan al jueves, que viene de «Jovis dies», el «día de Júpiter» y al sábado, el «Saturni dies» o «día de Saturno».

No todo lo que había explicado Javi era desconocido para Alis, aunque tendría que investigar la historia de aquellos dioses padre e hijo.

—Antes de irnos —continuó Javi— quiero enseñaros la única galaxia que podemos ver a simple vista desde aquí, aparte de la nuestra. Es la M31 del «Catálogo de Messier», que fue un astrónomo del siglo XVIII. Pero también se la conoce como la «Galaxia de Andrómeda», porque está en esa constelación. Su núcleo se ve como si fuera una manchita gris sobre el fondo negro del cielo.

La localizó en la aplicación del móvil para que las chicas pudieran identificar su posición con facilidad. Extrañamente, Julia la observó en silencio y luego cedió los prismáticos a Alis. Rodeada de naturaleza, con la luz llegando a su retina directamente desde astros y galaxias gigantescos pero tan distantes que parecían diminutos, Alis pudo sentir por sí misma aquella «conexión con el Universo» de la que Javi les había hablado. Y las referencias a nombres y dioses antiguos extendieron esa conexión atrás en el tiempo, hacia un pasado que no le parecía remoto ni ajeno, convirtiendo el momento en algo muy especial para ella.

—Tenemos que volver —dijo Javi, comprobando la hora en el móvil y encendiendo la linterna de nuevo.

—Pero no vayas muy rápido, que me duelen los pies —exigió Julia.

Regresaron al inicio del sendero que les había llevado hasta allí y comenzaron el descenso. Entre la preocupación de Javi por no provocar la cólera de Don Tomás si se retrasaban y las quejas de Julia con cada paso que daba, casi no hablaron por el camino.

Faltaba poco para llegar cuando encontraron a una piara de jabalíes obstaculizando el paso. Se detuvieron desconcertados. Javi miraba nerviosamente la hora sin saber muy bien qué hacer. Había muchos ejemplares adultos y también varios jabatos, con ojos que brillaban en la oscuridad. El más pequeño se acercó a los pies de Alis y comenzó a olisquear sus zapatillas, atraído por el zumo de naranja. A ella le hubiera gustado agacharse y acariciar una graciosa mancha en forma de corazón que tenía en el lomo. Pero recordó la advertencia del profesor y se mantuvo tan inmóvil como sus compañeros, sin atreverse casi a respirar, con las luces LED iluminando la escena. Además, había visto documentales de naturaleza donde madres de toda especie y tamaño reaccionaban ferozmente ante la menor amenaza hacia sus crías. Y a pesar de estar acostumbrados a la presencia humana, estos eran animales salvajes.

De repente, un fuerte ruido metálico espantó a la piara, que inmediatamente se dispersó en la oscuridad. Don Tomás apareció ascendiendo por el lado opuesto del sendero, mientras con un palo golpeaba violentamente una lata de conservas.

—No pensaríais que iba a molestar a la Benemérita por unos piltrafillas como vosotros. ¡Venga para abajo! ¡Arreando, que es gerundio! —gritó.

Pasaron junto al profesor y aceleraron el paso. Julia caminaba con torpeza, por lo que Alis y Javi llegaron un poco antes a la puerta del hotel y pudieron conversar brevemente sin ser escuchados:

—Quería hablarte de un tema que no le he contado a Julia —dijo Alis tímidamente—. Diego y yo estamos investigando una web bastante extraña.

—Me encantaría quedarme hablando contigo, pero Don Tomás no va a dejarnos.

—No quiero decir ahora, claro. Pero el desayuno no empieza hasta las nueve y media. Podríamos quedar aquí un rato antes y te lo cuento.

—Yo me levanto muy temprano, ¿a las 6 te va bien? —sugirió Javi.

—A las 6 es... perfecto —dijo Alis, fingiéndose cómoda con el madrugón.

—Caballerete, ¿quiere usted que le agarre de una oreja y le conduzca en volandas hasta su enmaderado aposento? —dijo Don Tomás al acercarse con Julia.

—No hace falta, ¡Muchas gracias! —respondió Javi corriendo ya en dirección al bosquecillo de las cabañas.

—Y ustedes, señoritas, retírense hasta mañana, que las damas honestas no han de andar de fiestas.

14

Ignición

La madrugada del viernes Alis soñó que podía volar como Superman y disfrutar de increíbles vistas por todo el Sistema Solar. Anduvo de puntillas por la ardiente superficie de Mercurio, surfeó las densas nubes de Venus, escaló los más altos montes lunares, caminó por los desiertos de Marte, esquivó la miríada de rocas del cinturón de asteroides y llegó hasta Ganímedes para sumergirse en sus océanos, intentando atrapar entre los dedos las algas luminiscentes que la rodeaban como brillantes burbujas gelatinosas. De allí saltó a las heladas aguas de Europa, donde buceó junto a medusas transparentes y gusanos marinos de formas caprichosas. En Júpiter, se adentró en los huracanados vientos de la Gran Mancha Roja, que la expulsaron con violencia hacia los magníficos anillos de Saturno… hasta que una vibración cósmica se apoderó del Universo, rompiendo el fino equilibrio de las órbitas y provocando el choque de unos astros contra otros…

Eran las 5:50 y su móvil vibraba con desesperación bajo la almohada. Tan pronto volvió a la consciencia, detuvo la silenciosa pero enervante alarma de un manotazo y miró de soslayo hacia la cama de Julia, cuyos rojizos tirabuzones rebosaban abundantemente por encima de las sábanas. Nada se movía. Con el mayor sigilo de que fue capaz, se levantó y se puso el chándal rosado que tenía preparado para el día, junto con las únicas zapatillas que había traído en su equipaje, que ya no eran blancas gracias a la «torpeza» de su compañera. Cogió el móvil y la llave de la habitación y salió al pasillo en silencio. Con sumo cuidado, usó la llave para retraer el pestillo y evitar que la puerta sonase al cerrar.

Javi esperaba puntual en la puerta del hotel. Todavía era noche cerrada y no había más iluminación que la del complejo hotelero. Se saludaron, fueron a la terraza del restaurante y se sentaron a una de las mesas. Alis contó desde el principio toda la historia del HSM y cómo había terminado encerrada con Diego en una cámara frigorífica, de la que volvió a agradecer a Javi que les hubiera salvado. Luego le mostró en la pantalla del móvil las distintas facturas y documentos que habían descargado de la web, junto con el listado de coordenadas:

38.26892 S, 2.66266 Z	37.98639 S, 2.86958 Z
38.14079 S, 2.86409 Z	38.15078 S, 2.65570 Z
37.90022 S, 2.94374 Z	38.04168 S, 2.92209 Z
38.07152 S, 2.70688 Z	38.22944 S, 2.79311 Z
38.04649 S, 2.82671 Z	38.01156 S, 2.77203 Z

—Aunque la Z no cuadra, estoy convencida de que son coordenadas geográficas y que hay algo interesante que ver en ellas. Pero me voy a quedar con las ganas de saberlo, porque todas están en mitad del mar.

—Me ha llamado la atención que en las facturas hay navegadores GLONASS —dijo Javi.

—Sí, tenía pendiente investigar eso…

—Los primeros navegadores utilizaban el sistema GPS americano, porque era el único. Pero ahora también tenemos un sistema europeo que se llama Galileo, ya supondrás por quién. Y el sistema GLONASS es el que ha desplegado Rusia. Voy a consultar un diccionario multilingüe que llevo descargado en el móvil. No necesita Internet y creo que incluye el ruso.

—Tanto si la Z significa «Este» como «Oeste», ya lo miramos, son puntos al sur del océano Atlántico… —repuso Alis.

—¡Bingo! —exclamó Javi, con una amplia sonrisa— La S no significa «Sur» como pensabais, sino «Norte», que en ruso es «*Sever*». Y la Z es de «*Zapad*», oeste. Vuelve a mirar las coordenadas de este modo:

38.26892 N, 2.66266 O	37.98639 N, 2.86958 O
38.14079 N, 2.86409 O	38.15078 N, 2.65570 O
37.90022 N, 2.94374 O	38.04168 N, 2.92209 O
38.07152 N, 2.70688 O	38.22944 N, 2.79311 O
38.04649 N, 2.82671 O	38.01156 N, 2.77203 O

Alis introdujo en su aplicación de mapas las coordenadas del primer punto. Quedaba a unos 80 kilómetros hacia el norte. Mucho más cerca que el Atlántico sur, pero aún fuera de sus posibilidades. Desde el principio esperaba que fuesen localizaciones próximas al polígono industrial donde empezó todo y poder acercarse en bicicleta desde su casa.

Comprobó el segundo punto. Estaba más cerca, pero aún así a decenas de kilómetros. Comprobó el tercero.

—¡Bingo! El tercer punto de la lista está a menos de 3 kilómetros de aquí, podemos ir andando a echar un vistazo y volver antes del desayuno. ¡Es genial! Voy a escribirle un mensaje a Diego para que le llegue si pillo cobertura por el camino.

A Javi no le gustaba la idea de volver a salir en medio de la noche por unos montes donde había animales salvajes y, para colmo, sin el permiso de Don Tomás.

—Pero no amanece hasta las 8, tendríamos que ir todo el rato con la linterna y pendientes de no cruzarnos con jabalíes.

—Ya sabemos que están acostumbrados a las personas y que se asustan con el ruido. Llevaremos algo que nos sirva para ahuyentarles si hace falta —replicó Alis, que no podía contener su entusiasmo—.

—¿Y qué esperas encontrar en ese sitio?

—No sé, pero algo tiene que haber, ¿no te parece? ¡De eso se trata! ¡De averiguarlo!

Javi se había quedado sin argumentos.

—Vale —dijo poco convencido.

Eran casi las siete. Se acercaron a una papelera y cerca encontraron tirada en el suelo una botella de plástico vacía, que al retorcerla hacía bastante ruido. Esta vez fue Alis quien tomó la iniciativa, activó la linterna del móvil y también programó la ruta que les conduciría a pie hasta el misterioso tercer punto. Siguieron el camino desde el complejo del hotel hasta cruzar el Puente de las Herrerías y desde allí abandonaron la carretera para adentrarse en el monte. A pesar de ir campo a través, no era complicado andar por aquel terreno poblado por pinos, encinas y álamos.

—Julia y tú sois muy amigas, ¿no? —preguntó Javi.

—Mucha gente lo piensa porque siempre vamos juntas al entrar y salir del colegio, pero en verdad yo no siento que sea tanto así. A ella no le interesa lo que a mí me pase. Yo creo que a un amigo le tiene que importar lo que te pase, ¿no crees?

—Bueno, es verdad que como Julia habla mucho y casi todo el tiempo sobre ella misma, es difícil saber si se interesa por alguien más.

—Por eso mi mejor amigo es Diego —dijo Alis—. Cuando llegamos al colegio ni él ni yo conocíamos a nadie y desde el principio nos caímos bien. Nos encanta investigar cosas juntos.

—Ja, ja, ja. Creí que ibas a decir que os encanta «estar juntos», no «investigar juntos».

—Tienes razón, no lo había pensado.

A medida que se acercaban a su objetivo, el bosque se iba haciendo más denso y ya no podían avanzar en línea recta, sino zigzagueando entre los árboles. Escucharon el ronroneo de un vehículo a motor no lejos de allí. Por el efecto Doppler, notaron cómo se acercaba y después se alejaba.

—Espero que Don Tomás no haya mandado a la Benemérita a buscarnos, ja, ja —bromeó Javi.

Alis detuvo la marcha y bajó la linterna.

—Supongo que Diego y yo nos parecemos en algunas cosas. Cuando algo nos despierta la curiosidad, no podemos parar hasta averiguar todo lo que podemos sobre ese tema. Por ejemplo, cuando volvamos, me voy a poner a estudiar con él las constelaciones, sus principales estrellas, el origen de sus nombres…

—Os va a llevar tiempo… —pensó Javi en voz alta.

—Eso no importa, porque cuando disfrutas haciendo algo, ¡el tiempo se pasa volando!

Levantó de nuevo el móvil para iluminar el entorno y vieron a cierta distancia un par de puntos rojizos que parecían suspendidos en el aire, a medio metro del suelo. Alis pensó en un jabalí, pero enseguida otros cuatro puntos luminosos surgieron entre los árboles, a mayor altura. Elevó un poco más la linterna y quedó embelesada por la visión de un ciervo de enorme y ramificada cornamenta, que les miraba fijamente, acompañado de una hembra y su cervatillo.

—Es raro que vayan juntos, los machos suelen ir por su cuenta. Quizá les ha asustado el coche que hemos escuchado —susurró Alis.

—¿Nos falta mucho para llegar? —preguntó Javi en el mismo tono.

—No, creo que es aquí mismo.

La primera luz del amanecer despuntó sobre el horizonte y Alis apagó la linterna del móvil. Miraron a su alrededor, buscando la presencia de algo peculiar. Quizá una cabaña, o un pozo, o cualquier otro elemento que no encajase con el paisaje. En ese momento escucharon un fuerte zumbido, como si miles de abejorros revoloteasen a su alrededor. El ruido duró un par de minutos y después se esfumó. Los ciervos, que habían permanecido inmóviles y con las orejas bien altas, desaparecieron de su vista tan pronto el silencio volvió al bosque.

—¿Qué ha sido eso? —preguntó Javi alarmado.

—No tengo ni idea —respondió Alis.

«Ding, ding, ding, ding, ding…» sonó su móvil. Miró la pantalla y leyó la cascada de mensajes que acababa de recibir y que Diego había escrito en mayúsculas: «¡¡NO VAYAIS ALLÍ!!», «¡¡NO VAYAIS!!», «¿ESTÁIS BIEN?», «¡¡CONTESTAD POR FAVOR!!», «LOS FUEGOS DE ESTA SEMANA FUERON EN LOS PRIMEROS PUNTOS». Alis sintió un escalofrío.

—Dice Diego que las primeras coordenadas son de incendios, parece creer que habrá otro más, justo aquí. Tenías razón en que no hay nada que ver, pero además te he puesto en peligro —se sentía tan culpable como cuando los gemelos asaltaron la casa de Julia.

—Yo no veo ningún peligro —quiso tranquilizarla su compañero—. Y podemos verle el lado positivo: si alguien intenta provocar un incendio aquí, quizá podamos detenerle antes de que…

Javi no terminó la frase. Señaló un débil punto luminoso a varias decenas de metros. En pocos segundos, cientos de otros puntos surgieron uno tras otro, formando un cerco a su alrededor. Eran pequeñas llamas que aparecían de la nada. Muchas a ras de suelo, prendiendo con rapidez en la hierba seca y los arbustos, otras en las copas de los árboles. La resina de los pinos ardía con enorme facilidad, extendiendo rápidamente el fuego a sus vecinos. A causa de las altas temperaturas, las piñas primero silbaban y después explotaban violentamente.

En muy poco tiempo, quedaron rodeados por un enorme anillo de fuego. No había hacia dónde escapar. Alis sintió un brusco roce entre sus tobillos. Miró abajo y reconoció por su peculiar mancha al pequeño jabato que se había refugiado a sus pies. Buscó alrededor pero no vio a ningún otro animal.

—Lo siento, lo siento, lo siento muchísimo… —Alis lloraba desconsolada.

Se sentó en el suelo y abrazó al jabato en su regazo. Ante cualquier reto, su mente analítica siempre intentaba buscar una solución, una respuesta, un resquicio… Pero el fuego era demasiado poderoso e implacable como para enfrentarse a él simplemente con su inteligencia y una botella vacía de plástico. El crepitar de las llamas se volvía más intenso y agresivo cada segundo que pasaba. El humo empezaba a dificultar la respiración. Javi, que estaba igualmente desbordado por la situación, se sentó junto a Alis, y puso la cabeza entre sus rodillas, casi en posición fetal. Era inevitable que el anillo de fuego se cerrase sobre ellos, aunque seguramente el humo les asfixiaría mucho antes de que las llamas se acercasen. Ambos alargaron el brazo y sus manos se entrelazaron con fuerza. Se estaban preparando para el fin. Alis abandonaba la posibilidad de saciar su curiosidad sobre tantas cosas que se habían quedado pendientes en su lista imaginaria, de convertirse quizá en excelente investigadora, como Marga, y sintiendo que decepcionaba a sus padres por haberse metido en aquella situación absurda y sin salida. Javi renunciaba a una brillante carrera como astrofísico. O quizá como eficiente camarero aficionado a la astronomía. Ya no importaba, porque nadie lo sabría nunca.

15

UME

Un gran estruendo resonó en el bosque. Era el ruido de un potente motor que se acercaba amenazante. Hubieran jurado que un enorme avión estaba a punto de estrellarse contra ellos. De repente, un hidroavión pintado de amarillo y rojo irrumpió sobre sus cabezas, atravesando velozmente la cortina de humo que se elevaba desde el muro formado por las llamas. En ese momento, el avión abrió sus compuertas y varias toneladas de agua cayeron a sus espaldas, llegando a quebrar el tronco de varios pinos por la violencia del impacto. Apenas se habían repuesto de la sorpresa cuando la familia de ciervos apareció de la nada, acercándose en tropel y obligándoles a protegerse instintivamente la cabeza con los brazos. En su alocada huida, los animales pasaron rozándoles y se dirigieron a la brecha que el agua caída del cielo había abierto en el anillo de fuego. Ambos se pusieron en pie de un salto y corrieron en la misma dirección. Alis seguía llevando en brazos al jabato. Atravesaron la zona encharcada levantando tantas salpicaduras al pasar que su ropa y su calzado quedaron empapados. A medida que se alejaban, el bosque se iba aclarando y podían avanzar más deprisa.

Alis se detuvo en seco al escuchar los escandalosos gruñidos de un jabalí que se acercaba veloz desde su izquierda. Con sumo cuidado dejó al jabato en el suelo, que corrió al encuentro de la que debía ser su madre. Pero la enfurecida jabalí no frenó su marcha hasta llegar muy cerca de Alis. Le lanzó una mirada desafiante, emitió un último gruñido en lo que pareció una severa reprimenda, se volvió hacia su cría y juntas huyeron hacia una zona segura.

Antes de reanudar la marcha, Alis consultó el mapa en su móvil para confirmar que iban en la buena dirección y justo después se apagó con la batería agotada. Continuaron con paso acelerado y pronto llegaron a la carretera. Un todoterreno de la Guardia Civil estaba parado en el arcén no lejos de allí y a su lado había dos jóvenes guardias que buscaban algo, mirando en todas direcciones. Una de ellas les vio y se acercó corriendo, con un gran walkie-talkie en la mano.

—¡Los tengo! ¡Están bien! —gritó hacia el aparato.

Otro hidroavión, igual al que habían visto, sobrevoló sus cabezas en dirección a la columna de humo que se elevaba tras ellos, sobre las copas de los árboles. Para Alis, el ruido de aquellos motores ya nunca resultaría amenazante o perturbador. Dos enormes camiones rojos aparecieron a toda velocidad por la carretera y a unos cientos de metros la abandonaron, internándose con dificultad entre los árboles. Uno transportaba un gran depósito de agua. El otro iba cargado de personal equipado con cascos y uniformes también rojos, con finas franjas horizontales amarillas.

Las guardias les envolvieron con mantas, ya que sus ropas seguían empapadas, y les llevaron en coche hasta el complejo hotelero. Pasaron delante de otro camión con el rótulo «Unidad Militar de Emergencias». Al llegar al hotel, encontraron en la explanada delantera una carpa con otro rótulo: «Puesto de mando avanzado». Protegidas del sol por la carpa, varias personas intercambiaban información y parecían trazar planes sobre una mesa plagada de radios y ordenadores y mapas.

Alis y Javi bajaron del vehículo y fueron conducidos hasta una segunda carpa, más apartada, en la que había personal sanitario. Ella esperaba recibir un aluvión de reproches por haber puesto en peligro a Javi y a sí misma de manera irresponsable. Pero lo que siguió fue una vorágine difícil de asimilar. Sus compañeros se acercaban eufóricos para abrazarles y desconocidos de uniforme les daban la mano agradecidos y les felicitaban, mientras los médicos preguntaban sobre su estado, les tomaban la temperatura y les auscultaban.

Al parecer, todos allí sabían que Alis había descubierto un plan para provocar una cadena de incendios por toda la sierra y que, gracias a esa valiosísima información, se podrían evitar nuevos fuegos y probablemente detener a los culpables. Solamente en dos personas de las que se acercaron pudo sentir Alis un marcado contraste entre las amables palabras que salieron de sus bocas y el evidente reproche que destilaban sus miradas. Una era Julia, dolida por haber quedado al margen de aquella aventura, perdiendo así la ocasión de ser centro de atención. La otra Don Tomás, que seguramente temía una reprimenda del Lauderat por no haber controlado suficientemente los movimientos de sus alumnos.

Alis estaba muy preocupada por Javi, porque desde que subieron al todoterreno parecía ausente y ahora le veía responder a las preguntas de los médicos con monosílabos. Se acercó a él y repitió en su oído:

—Lo siento, lo siento, de verdad. ¿Podrás perdonarme?

Según les había informado su profesor, a pesar de que ya no parecía haber ningún peligro, algunos padres estaban muy asustados e iban a venir a recoger a sus hijos. Eso incluía a Alis y Javi. «Basureros retirando la inmundicia», pensó ella, recordando el discurso de Don Tomás al inicio del viaje. Los que se quedasen, desarrollarían el programa de actividades previsto, hasta su vuelta en autobús el domingo.

Uno de los hombres de uniforme vino a buscar a Alis y le pidió que le acompañase hasta la carpa del puesto de mando. Allí tenían una pequeña nevera de plástico, como las que se suelen llevar a la playa para mantener frías las bebidas. El hombre se puso unos guantes y extrajo un tubo transparente con un tapón metálico, extremando el cuidado para mantenerlo vertical. Desprendía un olor fuerte y muy reconocible. Dentro parecía haber otro tubo más delgado con un polvo blanco.

—¿Has visto esto antes? —le preguntó.

—No, no lo había visto, pero estos tubos son los que han causado el fuego, ¿verdad?

—Sí, este lo recuperamos en el incendio del martes. Quedó atrapado entre dos ramas y no llegó a arder porque estaba en posición vertical. Creemos que contiene gasolina y algún producto que prende una llama al volcarlo. Nuestros compañeros de científica todavía tienen que analizarlo.

—Entonces, esto es lo que llevaban los drones —pensó Alis en voz alta—.

—Eso pensamos, porque los fuegos se iniciaron casi a la vez en cientos de puntos muy distantes entre sí, formando circunferencias perfectas. ¿Tienes información que confirme que usaron drones?

—En los documentos que encontró Diego había facturas de drones, tubos y tapones. Y antes del incendio escuchamos un zumbido a nuestro alrededor que en ese momento no supimos lo que era.

El hombre hizo varias anotaciones en una libreta.

—También había facturas de productos químicos… —añadió Alis.

—Tu amigo nos ha pasado toda la documentación. La estudiaremos con detalle, no te preocupes. Pero no sabemos con exactitud dónde encontraste el HSM.

—En una calle lateral del polígono industrial que tiene una nave grande roja, otra azul más pequeña y muchas parcelas sin edificar. Lo tiraron unos hombres que salieron de la nave azul y yo lo recogí.

—Eran los mismos que después os persiguieron, ¿cierto?

—Sí, los mismos.

—Esta información es muy valiosa, muchas gracias. De todos modos, vamos a necesitar el HSM, ¿dónde lo tienes?

Alis tuvo que pensarlo un momento. De forma inconsciente, lo había llevado consigo en todo momento. Sacó la mano del bolsillo y lo entregó.

—Hay que dejarlo pulsado…. —intentó explicar.

—Lo sabemos. Gracias otra vez, nos has ayudado mucho. No te robo más tiempo, supongo que querrás volver con tus compañeros.

Mientras Alis regresaba a la carpa sanitaria, estaba tan abrumada y el sentimiento de culpa era tan fuerte que casi le impedía respirar. Entonces hizo algo a lo que sólo recurría en momentos muy extremos. Se esforzó por dividir su mente en dos para verse a sí misma desde fuera y hablarse como le hablaría a su mejor amigo. Como le hablaría a Diego. O a Javi, ahora que le conocía mejor. Su mitad exterior dijo:

—Vale, has metido la pata. Asúmelo. Todo el mundo comete errores. Pero, ¿vas a dejar que este error te defina de ahora en adelante? ¿te vas a centrar en lo malo? ¿o en todo lo bueno que ha pasado? Has evitado más incendios, en los que se iban a quemar más árboles, morirían animales y puede que personas. Javi y tú estáis bien. Habéis estado a punto de morir, cierto. Pero ¿vas a comportarte como si hubiera ocurrido realmente? En el programa de actividades, esta tarde toca arborismo. Si hubieras muerto, no podrías participar. Pero estás viva. Y perfectamente sana. ¿Qué te impide disfrutar con tus compañeros? O mejor, *¿quién* te lo impide?

Su móvil seguía apagado y sin batería. Un joven de uniforme hablaba junto a una de las carpas usando un teléfono bastante grande y protegido por una gruesa carcasa de goma. Ella se acercó y esperó unos minutos a que colgase.

—¿Necesitas algo?

—Me gustaría hacer una llamada, mi móvil no funciona.

—¡Claro! ¡Eres la heroína del día! Hoy no podemos negarte nada —respondió el joven entregándole el aparato.

Marcó el número de su padre.

—Hola Papá, soy Alis.

—Alis, cariño… —escuchó la voz quebrada de su madre.

—Vamos en el coche, con el manos libres. No te preocupes, llegaremos en menos de dos horas, ¿cómo estás? —dijo su padre.

—Estoy muy bien, por eso os llamo, preferiría que no vinierais.

—Pero cariño, con todo lo que ha pasado… lo mejor es que te recojamos y puedas descansar en casa —argumentó su madre.

—No, de verdad, todavía quedan un montón de actividades que no me quiero perder. Ya hablaremos cuando me recojáis el domingo en Granada.

—Pero Alis…

—Os lo pido por favor. Necesito quedarme. Lo necesito.

Se produjo un largo silencio en el que parecía que la llamada se había cortado, ya que el motor eléctrico del coche no producía ningún sonido apreciable.

—Con la condición de que nos envíes un mensaje de voz al final de cada día, ¿de acuerdo? —dijo finalmente su madre.

—De acuerdo.

Alis entró a la carpa sanitaria buscando a Javi y le hizo salir al exterior.

—Te pido que llames a tus padres y les digas que no vengan, que te quedarás hasta el domingo —dijo, ofreciéndole el teléfono que todavía no había devuelto.

—No me apetece mucho, la verdad. Preferiría irme a mi casa. Estoy como cansado.

—Por favor. Por favor. Quédate. Diles que no vengan. Tenemos que seguir con la excursión, como si nada hubiera pasado.

—Pero han pasado cosas… —dijo Javi.

—«Podrían» haber pasado cosas. Pero la realidad es que no han pasado, que estamos bien, que estamos en la sierra con nuestros compañeros de clase, que podemos disfrutar de la excursión como estaba previsto.

Alis le cogió la mano y la apretó, casi tan fuerte como cuando ambos estaban cercados por el fuego.

—Te lo pido por favor. Confía en mí.

16

Arborismo

Con las emociones vividas y el despliegue de vehículos y efectivos que permanecía alrededor del hotel, la excursión matutina a la Cerrada del Utrero se había pospuesto al día siguiente. Pero el arborismo previsto para esa tarde se mantenía en el programa. Alis había cargado su móvil en la habitación y consiguió intercambiar con Diego varios mensajes para agradecerle su oportuna intervención avisando a emergencias y dando sus coordenadas a la UME. Casi se le olvida preguntarle cómo estaba. Respondió que ya estaba mejor, necesitaba menos calmantes y probablemente acudiría a clase el lunes.

A mediodía, los alumnos se sentaron con Don Tomás para comer en la terraza del restaurante, protegidos del sol por toldos de tela. Faltaban los pocos que se habían visto obligados a regresar con sus padres a Granada. Esta vez, la distribución en la mesa no fue tan compartimentada como en la cena. Alis se aseguró de ponerse junto a Javi, mientras que Julia y Pepe se sentaron frente a ellos. Aprovechando que Julia estaba menos locuaz que de costumbre, debido a su decepción por no haber protagonizado las últimas horas, durante la comida Alis volvió a plantear la enigmática pregunta que Irene les había lanzado.

—Yo creo que ella quiere decir que los átomos que forman nuestro cuerpo, antes de llegar a la Tierra, debieron de estar dentro de alguna estrella. Es lo que supongo.

—Eso es una tontería —sentenció Julia—. ¿No te diste cuenta de que estaba bromeando? ¡Todo el mundo se rió de la pregunta!

—Aunque yo no le veía la gracia… —puntualizó Pepe.

—En verdad, Alis tiene razón —dijo Javi tímidamente.

—¡Ya está el señor astrónomo dando lecciones! A ver, ¿cuándo he estado yo dentro de una estrella? —insistió Julia.

—Según los cosmólogos —explicó Javi—, el universo empezó hace trece mil ochocientos millones de años con una gran explosión, de ahí viene la expresión «Big Bang». Primero se formaron nubes muy grandes de los átomos más simples: hidrógeno y un poco de helio. Después, esas nubes se condensaron y formaron estrellas, pero no tenían planetas como el nuestro, porque todavía no existían el carbono, ni el nitrógeno, ni la mayoría de los elementos que forman la Tierra y nuestros cuerpos. En el centro de esas estrellas la temperatura y la presión eran tan grandes que los núcleos de los átomos chocaban muy fuerte y se fusionaban unos con otros. Y juntando núcleos de hidrógeno y de helio, se fueron formando los siguientes elementos de la tabla periódica. Después, cuando algunas de esas estrellas se volvieron inestables y estallaron como «supernovas», los elementos de su núcleo se dispersaron y formaron planetas alrededor de una segunda generación de estrellas. En nuestro Sistema Solar hay tanta abundancia de carbono, nitrógeno, azufre, hierro… que hasta podría ser de tercera generación. Yo creo que eso es lo que Irene quería que pensáramos —miró a Julia directamente—. Que, dejando aparte el hidrógeno, todos los átomos de tu cuerpo se formaron en el núcleo de una estrella enorme que estalló hace miles de millones de años y por eso se puede decir que estuviste allí.

—Te lo acabas de inventar, ya no sabes lo que hacer para dejarme mal —se quejó Julia.

—No me lo estoy inventando —replicó Javi—. Lo leí en un libro sobre el agua en el universo, que explicaba todo esto y muchas más cosas interesantes.

—Lo que a mí me interesa es saber qué es el dichoso arborismo —terció Pepe, a quien los temas de conversación profundos no le interesaban en absoluto—. Todavía no lo han dicho. Y como sea un rollo de aprender árboles, yo me voy a la cabaña a dormir la siesta.

Los demás callaron. Aparentemente, tampoco lo sabían.

—Bueno, chicos —dijo en voz alta Don Tomás dirigiéndose al grupo—, id terminando que ya está aquí el monitor que nos va a acompañar esta tarde para asegurarse de que vuestras almas se enaltecen al tiempo que vuestros cuerpos se desentumecen.

Se trataba de un joven fuerte y bronceado, vestido con camiseta y pantalón corto. Un murmullo de admiración recorrió el grupo.

—Venid por aquí —dijo, señalando al bosque cercano, en dirección opuesta a las cabañas—.

Los más atrasados apuraron sus postres y todos siguieron al monitor. Tras caminar campo a través unos cientos de metros, llegaron a una instalación peculiar que abarcaba varios árboles bastante altos y próximos entre sí. Había un puente construido con tablones de madera, cuyas barandillas eran dos simples cuerdas bien tensadas, también una gran red vertical extendida entre otro par de árboles, una tirolina que bajaba desde el árbol más alto casi hasta el suelo, escaleras de tablones clavados a los troncos que permitían escalar por ellos…

El monitor apenas tuvo tiempo de dar algunas indicaciones de seguridad antes de que todos empezaran a subir por aquellas estructuras y a desplazarse de árbol en árbol en frágil equilibrio, emulando a una tribu de monos eufóricos. Reían, saltaban y se animaban unos a otros a pisar el siguiente escalón, a alcanzar la siguiente rama, a agarrarse a la siguiente cuerda. Julia estaba cohibida, porque no quería que su flamante chándal nuevo se rasgase enganchado en alguna rama. Pero Alis se desató junto a la mayoría y tiraba de Javi para que la siguiera. Sin duda, el momento más divertido fue cuando el monitor animó a Don Tomas a encaramarse a la red y varios alumnos, Pepe especialmente, comenzaron a zarandearle entre risas generalizadas. El profesor se agarró con todas sus fuerzas a las cuerdas entrecruzadas para evitar caer al suelo, mientras gritaba sin parar de reír:

—Algunos tenéis escaso aprecio por vuestra nota de Lengua. Pero no la de este curso, ¡las de todos los cursos mientras sigáis en el Lauderat! ¡Mi venganza será terrible! ¡La maldición de Carlos V caerá sobre vosotros!

Viendo que Javi casi se revolcaba entre carcajadas con la situación, Alis se sintió aliviada y se alegró de haberle convencido para quedarse. Todos pasaron un rato divertido y fortalecieron unos lazos que en aquel entorno parecían más fuertes y fáciles de tejer que entre los fríos muros de piedra del Lauderat.

Al final del día, Alis grabó un mensaje de voz para sus padres contando cómo habían disfrutado y agradeciendo que no la hubiesen obligado a volver.

17

Alexis

Irene creía conocer el significado de la nota que alguien había deslizado bajo la puerta de su clase. El sábado, a las cuatro de la tarde, hacía cola pacientemente para entrar a la Capilla Real. Pagó su entrada y accedió al interior. A diferencia de los otros visitantes, no se detuvo para admirar el mausoleo de mármol con las estatuas de Isabel y Fernando, su hija Juana y su yerno Felipe. Tampoco ante el retablo mayor, ni en la cripta con los sepulcros de plomo. Fue directa a la galería que alberga las pinturas flamencas procedentes de la colección privada de la reina Isabel. Buscó la pequeña tabla de autor anónimo que representa al arcángel San Miguel venciendo a las fuerzas del mal, llevando armadura y una capa sujeta al cuello con dos broches redondeados, decorado cada uno con nueve gemas, cuatro de ellas blancas.

Un hombre alto y extremadamente delgado, con traje negro, admiraba la tabla tan de cerca que sólo dejaba ver su espalda. Irene se detuvo tras él y miró hacia la salida. Podía marcharse ahora mismo. O no.

—Alexis… —susurró tímidamente.

El hombre se dio la vuelta.

—Perdone, le he confundido con otra persona —se disculpó azorada.

—¿Tan cambiado estoy?

Aquella voz ronca y cascada impactó en los oídos de Irene con tal fuerza que la hizo retroceder repentinamente varias décadas. Se quedó mirando unas facciones angulosas, acartonadas, inexpresivas. ¿Dónde estaban las mejillas redondeadas que ella recordaba? ¿Dónde los musculosos brazos y piernas? Buscó en los ojos de aquel desconocido la mirada cómplice de entonces. Pero, si quedaba algo de ella, estaba profundamente enterrada en un sepulcro de plomo. Sólo su voz era inconfundible.

—No estaba segura de la hora. Podrías haberte molestado en escribir un 16 junto a la S en tu mensaje —bromeó.

—Ya ves que no ha hecho falta, me conoces lo suficiente como para saber que me molestan las redundancias, ja, ja —respondió él en tono distendido.

—Sí, en eso no has cambiado.

Permanecieron un rato mirándose en silencio. Pero había demasiadas cosas que decir.

—No fue fácil cuando desapareciste. Tampoco para tu familia, ¿saben que has vuelto? —preguntó Irene.

—Supongo que se acabarán enterando…

—En todo caso, yo no voy a pedirte explicaciones, ha pasado demasiado tiempo. Solamente quiero saber por qué me has hecho venir.

—Para avisarte. Estoy aquí por negocios y en pocos días mi imagen será pública, aunque por razones personales no voy a utilizar mi antiguo nombre. Estuve en el extranjero y adopté una nueva identidad.

—Eso suena a que tienes algo que ocultar —repuso Irene, borrando la sonrisa de su cara.

—No, no hay nada de eso. Es sólo que hice borrón y cuenta nueva con mi vida y quiero que siga siendo así. Tan simple como eso.

—No tenías que preocuparte por mí, ya has visto que no te he reconocido.

—No mientas —dijo él.

—No miento —mintió ella.

Después de una pausa, Irene introdujo en la conversación un tema incómodo.

—Si estás tan infiltrado en el Lauderat como para hacerme llegar esta nota, te supongo enterado de que Tomás es ahora profesor del colegio. Imparte Lengua y Literatura.

La cara de Alexis se mantuvo inexpresiva, pero algo profundo ardió en sus ojos.

—No, no lo sabía. Pensaba que su familia se había marchado de Granada.

—Así fue, pero siempre han pertenecido al patronato del colegio. Cuando Tomás terminó sus estudios en Madrid, forzaron a la junta a contratarle. Yo me opuse, pero no sirvió de nada.

—En todo caso, es agua pasada —sentenció Alexis.

Irene reconoció la falsedad de la frase y decidió no mencionar el incidente ocurrido en la excursión a Cazorla liderada por Tomás, a pesar de su gravedad, porque no había tenido mayores consecuencias.

—Me ha encantado verte, de verdad —mintió por segunda vez.

Aquellos rasgos carentes de empatía no eran los de la persona que una vez había amado. A la extrañeza se sumaba un punto de temor hacia algo insondable que se percibía tras la mirada de este nuevo Alexis.

Salieron juntos del edificio, confundidos entre los turistas.

—¿Te apetece una caña en Bib-Rambla? ¿Por los viejos tiempos? —preguntó Alexis.

—¿Vas a contarme algo de lo que has hecho estos años?

—Mmmm… No hay mucho que contar…

—Mejor quedamos otro día, ya sabes dónde encontrarme.

Se despidieron en la puerta de la capilla, con un breve gesto, bajo la atenta mirada de piedras milenarias disfrazadas de santos protectores, amenazantes gárgolas y poderosas águilas bicéfalas.

18

Exoesqueleto

El sábado, los chicos habían practicado barranquismo en el río Guadalquivir, donde disfrutaron como nunca saltando al agua, deslizándose por toboganes y escalando con cuerdas, todo ello enfundados en ajustados trajes de neopreno. Y tras secarse y cambiarse de ropa, habían recorrido a pie la ruta de la Cerrada del Utrero, donde Julia se aseguró de que todo el mundo supiera que para ella no era la primera vez. Alis envió un montón de fotos a Diego, ya casi recuperado del esguince, y estaba muy satisfecha de su decisión, sobre todo porque Javi participaba en las actividades con entusiasmo y parecía haber olvidado los malos momentos.

El domingo, después del desayuno, tenían un par de horas libres antes de regresar en autobús. A pesar de sus reticencias iniciales, Pepe se había convertido en apasionado fan del arborismo y, en una improvisada asamblea, propuso a sus compañeros «despedirse» de los puentes, escalas y cuerdas con los que tanto habían reído un par de días antes. Casi todos estuvieron de acuerdo y se pusieron en marcha, pero Alis notó que Javi se quedaba rezagado.

—¿No te apetece ir con ellos?

—En verdad… —Javi intentaba decir algo que no le resultaba fácil— en verdad me gustaría volver a la zona que se quemó.

Le sorprendió, porque ella sentía lo mismo pero no se habría atrevido a proponerlo. Después de una pausa, respondió:

—A mí también me gustaría, tengo mucha curiosidad, y nos da tiempo de sobra, ¿vamos?

El chico sonrió y ambos retomaron la ruta que habían seguido la madrugada del viernes, aunque esta vez no necesitaron consultar los mapas GPS de sus móviles ni encender las linternas. Cuando llegaron a la gran zona anular que había consumido el fuego, lo primero que les llamó la atención fue el intenso olor a carbón quemado. Los pinos habían perdido la mayor parte de sus ramas y hojas. Tiradas por el suelo había piñas calcinadas, totalmente abiertas y vacías, cuyas explosiones escucharon durante el incendio, que al estallar habían dispersado sus semillas por los alrededores. Algunos piñones pronto echarían raíces y se convertirían en nacientes pinitos, mientras que otros habían sido localizados por las hormigas y eran transportados en laboriosas hileras hasta los hormigueros, que parecían intactos. Les sorprendió especialmente algo que nunca hubieran creído posible: un escarabajo había mudado su exoesqueleto y dejaba el antiguo abandonado sobre un tronco quemado.

En los puntos donde la temperatura había sido más alta, las cenizas eran blancas, casi como harina, y al pisarlas se levantaba un polvo que dificultaba la respiración. En contraste, había otras zonas intactas, como pequeñas islas dentro del infierno que se había desatado. Uno de los escasos alcornoques de la zona había perdido las hojas, aunque un minúsculo brote verde en una de sus ramas demostraba que seguía vivo, que su manto de corcho le había protegido de las llamas y aislado del calor. Alis temía encontrar cadáveres de pájaros y otros animales, pero no vieron ninguno. «Tienen alas y patas, pudieron escapar a tiempo», pensó. Excepto los cercados por el diabólico anillo de fuego, como la familia de ciervos, el jabato o ellos mismos, que solo pudieron huir tras la inesperada intervención del hidroavión de la UME.

Viendo el esfuerzo de árboles e insectos por sobrevivir, Alis recordó la frase que un científico con gafas oscuras pronunciaba en su película favorita de dinosaurios: «la vida se abre camino».

Apenas hablaron en todo el trayecto, no había necesidad. Les bastaba con sentir la compañía y la complicidad del otro, mientras se alegraban de haber evitado que muchos otros puntos de la sierra sufrieran el mismo ataque e intentaban apoyarse en esa idea para cerrar el trauma que habían experimentado.

Regresaron con tiempo suficiente para recoger sus cosas y subir al autobús. Esta vez se sentaron juntos y a Alis no le importó en qué lateral estaba su asiento, porque en el viaje anterior se dio cuenta de que sus cálculos sobre la orientación del sol eran útiles cuando viajaba con sus padres en coche, pero innecesarios cuando el vehículo disponía de cortinas en los ventanales. Afortunadamente, Julia tuvo que ocupar un asiento libre bastantes filas por delante. Javi parecía agotado y durmió casi todo el camino de vuelta, mientras Alis escuchaba a Sia, Amaral y Alan Parsons.

19

Exotermia

El lunes por la mañana, los alumnos fueron directamente al laboratorio de ciencias, donde Irene les había citado. Era mucho más grande que su clase habitual, aunque también tenía un pequeño estrado junto a la puerta, con la mesa del profesor, una pizarra y una pantalla de proyección. En un lateral había grandes ventanales con una privilegiada vista de los Palacios Nazaríes, mientras que el otro lo ocupaba una vitrina cerrada con llave que custodiaba productos químicos, microscopios y lupas binoculares. En un rincón, un fregadero con dos grifos tenía además unos curiosos tubitos curvados hacia arriba, cuyo propósito intrigó a Alis.

Según entraban, los alumnos se iban situando de pie, delante de las mesas de trabajo. Tenían gruesos tableros negros de madera y sobre ellos había probetas, gradillas con tubos de ensayo, morteros de porcelana y soportes verticales con pinzas.

Cuando Diego apareció por la puerta, cojeando muy levemente, Alis se acercó para abrazarle y todos en la clase aplaudieron, incluyendo a la profesora. Luego ambos se colocaron ante la mesa donde ya estaban Javi y Julia.

—Voy a presentaros una de las moléculas que usaremos hoy —empezó Irene su explicación.

Puso en el centro de su mesa una pequeña balanza digital y, sobre ella, un terrón de azúcar. La pantalla marcó 5,00 gramos.

—Existe toda una familia de moléculas que llamamos «azúcares». La más común, la que usamos en repostería y para edulcorar el café, se llama «sacarosa». Se extrae de la remolacha y, una vez purificada, forma pequeños cristales. Decimos que es un «disacárido» porque se forma por la unión de dos azúcares más pequeños: la «glucosa» y la «fructosa».

Proyectó una imagen plagada de átomos de carbono, oxígeno e hidrógeno, unidos por líneas negras. Alis estaba deseando encontrar respuestas al comentario que Irene hizo el jueves anterior sobre la factura de la siniestra Livyos. La primera le llegó al contar los átomos de la sacarosa y escribir en su cuaderno $C_{12}H_{22}O_{11}$. Coincidía con el primer compuesto químico de la factura.

—¿Encontráis algún patrón aquí?

—Sí, que la glucosa y la fructosa son muy parecidas —dijo Julia.

—¡Muy bien! Como hemos dicho, ambas son azúcares. Su estructura es similar y eso hace que tengan también propiedades semejantes, por ejemplo, que sean dulces al paladar, ¿algo más?

Al ver que nadie se animaba a responder, Alis se decidió.

—Cada elemento tiene un número fijo de líneas negras. Todos los átomos de hidrógeno están unidos por una sola línea negra a otro átomo. Todos los de oxígeno tienen dos uniones, y todos los de carbono tienen cuatro.

—¡Magnífico! Acabas de explicar el concepto de «valencia». Dijimos que cada línea negra representa a un electrón que es compartido por dos átomos. ¿Cuántos electrones tiene un átomo de hidrógeno?

—Uno —respondió Alis.

—Por tanto —explicó la profesora— es el único que tiene para compartir. Pero ¿cuántos electrones tiene un átomo de oxígeno?

—Ocho.

—Entonces ¿por qué tienen sólo dos líneas negras, en lugar de ocho?

—Usted dijo que comparten los electrones más alejados, como las abejas que están más lejos de la colmena.

—¡Has dado en la diana! Cada elemento tiene un cierto número de «abejas descarriadas», esos electrones que puede compartir más fácilmente con otros átomos para formar moléculas con ellos. Y a ese número le llamamos «valencia». No siempre es fijo. Por ejemplo, el hierro puede tener valencia dos o tres, según el caso, pero nunca va a tener siete.

Señaló de nuevo el terrón de azúcar sobre la balanza.

—En la práctica de hoy, vamos a oxidar esta sacarosa y como resultado obtendremos dióxido de carbono y agua, según esta reacción, que ya está ajustada estequiométricamente.

Por las explicaciones que les había dado la tía de Javi, Alis sabía que «oxidar» y «quemar» eran sinónimos. Las piezas iban encajando. Irene escribió en la pizarra:

$$C_{12}H_{22}O_{11} + 12\ O_2 \rightarrow 12\ CO_2 + 11\ H_2O$$

—Como veis, esta reacción «consume» oxígeno, ¿Conocéis alguna otra que «produzca» oxígeno?

—La reacción del clorato potásico que nos enseñó el otro día —respondió Javi.

Acostumbrado a adelantarse a las explicaciones, esta vez Diego parecía descolocado. No solamente iba por detrás de la profesora, también de sus compañeros. Irene puso en la mesa, junto a la balanza, el frasco de pastillas blancas que había usado anteriormente, del que Diego no tenía referencias, y escribió en la pizarra la reacción de descomposición del clorato potásico.

$$2\ KClO_3 \rightarrow 2\ KCl + 3\ O_2$$

—¡Muy bien! Y, si por cada dos moléculas de clorato se producen tres de oxígeno, y para oxidar una de sacarosa necesitamos doce moléculas de oxígeno, ¿cuántas moléculas de clorato necesitamos para oxidar una de sacarosa?

Alis hizo sus cálculos mentalmente: si con dos obtengo tres, pero necesito doce, tengo que multiplicar por cuatro. Pero no dijo nada.

—Hacen falta ocho moléculas de clorato potásico por cada una de sacarosa —dijo finalmente Julia.

—¡Fantástico! ¿Sabrías escribir en la pizarra la reacción completa? —la invitó Irene.

La pelirroja subió al estrado y copió la primera reacción, reemplazando las doce moléculas de oxígeno por ocho de clorato potásico:

$$C_{12}H_{22}O_{11} + 8\ KClO_3 \rightarrow 12\ CO_2 + 11\ H_2O$$

—¿No se te olvida nada? ¿Qué pasa con los átomos de potasio y cloro?

Julia añadió rápidamente al final el cloruro potásico que faltaba:

$$C_{12}H_{22}O_{11} + 8\ KClO_3 \rightarrow 12\ CO_2 + 11\ H_2O + 8\ KCl$$

—¡Perfecto! Tenemos la estequiometría y sabemos que por cada mol de sacarosa vamos a necesitar ocho moles de clorato potásico. Ahora quiero traducir esto a peso, es decir, saber cuántos gramos de clorato potásico necesito para oxidar estos cinco gramos de sacarosa —dijo señalando el terrón sobre la balanza.

—Lo primero que nos hace falta saber es cuántos moles de sacarosa hay en los cinco gramos —observó Javi— y para eso necesitamos calcular su peso molecular.

Irene proyectó la tabla periódica, con la que todos estaban ya familiarizados, pero Alis había utilizado la que tenía impresa para realizar el cálculo un rato antes. Leyó en voz alta el resultado que había obtenido:

—A mí me sale que el peso molecular de la sacarosa es 342.

—¡Qué rapidez! —replicó Irene, entre sorprendida y divertida—.

La pelirroja, que seguía en el estrado, necesitaba demostrar que ella también sabía hacerlo. Escribió en la pizarra el desarrollo completo:

$$C_{12}H_{22}O_{11} = (12 \times 12) + (1 \times 22) + (16 \times 11) = \mathbf{342}$$

—Julia, por favor, ¿puedes calcular cuántos moles de sacarosa tiene este terrón?

La alumna utilizó la calculadora de su móvil y escribió:

$$5 \text{ g} / 342 \text{ g/mol} = 0{,}0146 \text{ moles de sacarosa}$$

—Vas muy bien, ¿puedes continuar el razonamiento? —invitó la profesora.

—Pues si por cada mol de sacarosa vamos a gastar ocho de clorato potásico —razonó Julia—, vamos a necesitar…

$$0{,}0146 \text{ mol} \times 8 = 0{,}1168 \text{ moles de clorato potásico}$$

—… y para pasar estos moles a gramos necesitamos el peso molecular del clorato potásico, que ya lo calculamos el último día…

—122 —dictó Javi, consultando su cuaderno—.

La alumna siguió calculando y escribiendo:

$$0{,}1168 \text{ mol} \times 122 \text{ g/mol} = 14{,}2496 \text{ g}$$

Alis quería saber cuál era la proporción entre los dos compuestos de la reacción. Anotó el resultado en su cuaderno, redondeado a dos decimales:

$$14,2496 \text{ g} / 5 \text{ g} = \mathbf{2{,}85}$$

Luego repitió el cálculo para las cantidades de cada compuesto en la factura aplicando el mismo redondeo:

$$738 \text{ kg (KClO3)} / 259 \text{ kg (C12H22O11)} = \mathbf{2{,}85}$$

¡Bingo! Esto demostraba que quien había comprado esos compuestos tenía la intención de hacerlos reaccionar entre ellos.

—Muchas gracias Julia, puedes volver a tu sitio —dijo Irene—. Vamos a preparar la práctica.

Apartó el azúcar de la balanza, vertió sobre ella varias decenas de comprimidos del bote de clorato potásico, rompiendo algunas hasta conseguir que la pantalla marcase 14,25 g, y seguidamente depositó el azúcar y el clorato potásico dentro de un mortero de porcelana blanca. Como en las mesas de trabajo de los alumnos había morteros iguales, varios la imitaron y los pusieron en el centro. Al observar el movimiento, la profesora se sintió obligada a puntualizar.

—Perdonad, esta práctica la haré solamente yo, os he confundido cuando he usado el plural.

Los alumnos parecían decepcionados y Julia protestó abiertamente.

—¡Pues vaya una práctica! Para esto no hacía falta venir al laboratorio, podía habernos puesto un vídeo en la clase.

—Bueno, son las normas del Lauderat —se excusó—. Hace años se produjo un accidente por la imprudencia de un *alumno* y desde entonces algunas actividades las hacemos solamente los docentes.

Alis notó una extraña inflexión en la voz de Irene al pronunciar la palabra «alumno», mientras machacaba el azúcar y el clorato potásico hasta conseguir un fino polvo blanco, que vertió sobre un recipiente circular de vidrio.

—Esto es una placa de Petri, donde ya tenemos los dos compuestos bien pulverizados y mezclados. Entonces, ¿por qué no reaccionan espontáneamente?

—Usted dijo que cuando las moléculas están cómodas, hace falta energía para romperlas —respondió Javi.

—¡Correcto! La reacción que tenemos en la pizarra es exotérmica, lo que significa que desprende energía en forma de calor. Pero de algún modo tenemos que iniciarla y para eso vamos a utilizar ácido sulfúrico. Los ácidos son moléculas que tienen una gran capacidad para combinarse y en este caso nos basta con que rompa las primeras moléculas de azúcar y clorato. Enseguida se desprenderá tanto calor que esa energía servirá para seguir rompiendo las siguientes moléculas.

Alis necesitaba seguir atando cabos e hizo un ruego.

—Por favor, ¿podría poner en la pizarra la fórmula del ácido sulfúrico?

A Irene le sorprendió la pregunta, aunque sólo a medias.

—No la he puesto porque no es relevante para la práctica. Como he dicho, lo usaremos solamente como iniciador de la reacción principal.

Aún así, escribió en la pizarra:

$$H_2SO_4$$

Como Alis esperaba, este era el tercer producto químico que aparecía en la factura. Irene puso junto a la placa de Petri una botella oscura que había sacado de la vitrina lateral y con una pipeta de vidrio tomó algunas gotas del interior y las vertió sobre el polvo blanco.

Lo que se desencadenó duró apenas un segundo. El polvo ardió con extremada violencia e intensidad, hasta consumirse y dejar solamente un residuo grisáceo de cloruro potásico. Los alumnos quedaron asombrados ante aquellas moléculas, que momentos antes se encontraban «tan cómodas» y de repente habían desatado un pequeño infierno brusco y atropellado. Los que andaban distraídos, como Pepe, se habían perdido el espectáculo.

Alis recibió varios mensajes en el móvil. Eran de su padre.

—«La prensa publica detalles de la investigación, he pensado que te gustaría conocerlos»

—«No hay detenciones porque la nave del polígono estaba vacía y la empresa Livyos Inc. que la alquiló está registrada en un paraíso fiscal, es casi imposible investigarla»

—«También dan la composición del artefacto incendiario»

Ella escribió con disimulo:

—«Clorato potásico, sacarosa y ácido sulfúrico»

Su padre respondió con el emoticono de una cara sorprendida a la que le vuela la cabeza.

20

Minesmundi

A las nueve en punto, la cena estaba preparada y Alis se sentó a la mesa con sus padres. Pero por segundo día consecutivo, el televisor permanecía apagado.

—¿No vais a poner las noticias?

—Hoy no ha pasado nada interesante… —se excusó su madre.

—Sé por qué lo hacéis —replicó Alis—. Tenéis miedo de que hablen de los incendios y yo me vaya a poner en plan, nerviosa, o a llorar o algo.

—No es eso, cariño…

—Entonces enciende la tele.

El informativo ya había comenzado. La presentadora hizo un anuncio que atrajo su atención.

—«Y después de los terribles incendios de la semana pasada en la Sierra de Cazorla, nos llega una buena noticia: la generosidad de una empresa granadina. Escuchamos a su principal responsable, Dmitri Thomson.»

En pantalla apareció un hombre alto, de rostro inexpresivo y vestido de negro, sobre un fondo con el logotipo de su empresa. Alis supo que le había visto antes, aunque no recordaba cuándo ni dónde.

—«Desde Minesmundi, como empresa minera concienciada en el respeto al medio ambiente y comprometida con la sostenibilidad, hemos llegado a un acuerdo con las autoridades para realizar dos actuaciones en un entorno natural tan importante como el Parque Natural de las Sierras de Cazorla, Segura y Las Villas.»

La voz de aquel hombre tenía un tono profundo y rasgado que la hacía peculiar.

—«Por una parte —continuó—, correremos con todos los gastos necesarios para la repoblación de las zonas que fueron tristemente arrasadas por el fuego. Y por otra, en el punto exacto donde comenzó el primero de los incendios, nos comprometemos a construir un centro de recuperación de la fauna salvaje, que acoja a cualquier animal que haya sido dañado por las llamas o que pueda serlo en el futuro por cualquier otro motivo.»

—«Y ahora damos paso a la información del tiempo…»

Alis sintió un enorme alivio. Aunque era consciente de haber evitado un montón de incendios que parecían planeados en aquella lista de coordenadas, seguía pensando que debería haber frustrado también el que casi le cuesta la vida. Si hubiera investigado antes aquella documentación… Pero ahora el extraño hombre de la televisión venía a reparar lo que a ella se le había escapado. Miró a sus padres esperando ver en ellos la misma satisfacción, pero lo que encontró fue el tipo de mirada incómoda que solían intercambiar cuando surgía cualquier tema que querían ocultarle. Sabía que no serviría de nada preguntarles, negarían que pasaba algo raro. Optó por una estrategia más práctica.

—Estoy agotada, ¿me puedo subir ya a mi cuarto?

—Claro cariño, tienes que descansar. Demasiado bien estás llevando todo este asunto —dijo su madre.

Alis se levantó, se acercó a ambos, que la besaron en la mejilla, subió a su cuarto y cerró de un golpe la puerta. Por fuera.

—¿Crees que es él? —preguntó Belén.

—Es posible, diría que es su voz —respondió su marido, pensativo—. Y esa cara extraña podría ser el resultado de una reconstrucción facial poco afortunada. Incluso el nombre… parece uno de sus juegos. Lo que no me cuadra es ese interés por la fauna salvaje, le atraían más la bioquímica y la geología.

—Sigo sin entender por qué le ocultas esa historia a nuestra hija.

—Sabes que no quiero hablar del tema, siempre me he sentido responsable de no haberlo evitado. Si no tengo que dar explicaciones, tampoco tengo que recordar aquel día.

—¿Es que acaso nunca lo recuerdas?

No hubo respuesta.

★★★

En el insomnio de la noche, mientras su mujer dormía, Miguel sostuvo en su mano algo que solamente se permitía mirar cada varios años, cuando por Navidad le regalaban una cartera y se veía obligado a trasladar a un nuevo hogar su DNI y las funcionales tarjetas bancarias junto con sus más personales fotos y recuerdos. Y el más oculto de esos recuerdos era la tarjeta de visita de su hermano mayor, desaparecido del hospital tras un trágico accidente que le había desfigurado la cara y por el que fue acusado de poner en peligro la vida de sus alumnos, incluidos Tomás y Miguel.

Alexis Dauro
Profesor de Ciencias
Colegio Lauderat

958000000 Ext 212   C. Real de la Alhambra, s/n
adauro@lauderat.com   18009 Granada

Índice

Notas finales

A quienes la novela les haya servido para aprender algo, disfrutar o sentir curiosidad por temas que le habían pasado inadvertidos, les animo a regalar un ejemplar a las personas de su entorno que puedan apreciarla y así me ayuden a aumentar su difusión y propiciar la publicación de la segunda parte, donde se tratarán más contenidos de ciencia, se desvelarán enigmas que quedaron abiertos y se plantearán otros nuevos. También a que contacten conmigo directamente en redes sociales como @GeoGr. Los autores somos criaturas inseguras y recibir opiniones positivas nos ayuda a perseverar.

Si eres docente, me ofrezco a participar en actividades con tus alumnos y a proporcionarte claves que no se revelan en el texto. También te ruego que me comuniques cualquier error que hayas detectado, lo que no se puede descartar en una obra como ésta.

He recibido inestimables consejos, opiniones y correcciones de mis amigos Luis Roger, profesor universitario, erudito y excelso docente de creación literaria; Jorge Anias, cuyo entusiasmo por este proyecto en algún momento sobrepasó al mío propio; Juan Antonio Aguilera, profesor universitario y autor de *El agua en el cosmos. La matriz de la vida,* entre otros libros de divulgación científica; Diego Cano, físico y jefe de ingeniería de telescopios e instrumentos del Grupo Isaac Newton; Carmen Bedmar, escritora, autora de *El valor de una promesa*; Rosa Ortega, autora de *Lejos del aguacero* y otros poemarios del asombro cotidiano;

y César Requesens, escritor, periodista y fundador del *Taller de Escritores* de Granada.

Quiero agradecer la información técnica que me proporcionaron Antonio Jordán, profesor de Edafología en la Universidad de Sevilla, y Juan Antonio Moreno, piloto del 43 Grupo de Fuerzas Aéreas.

Y reconocer muy especialmente el apoyo de mi mujer y mis hijos, que me han acompañado pacientemente durante los largos años que me ha costado llegar a este alumbramiento.

Sin olvidar el generador de moléculas *molview.com*, ni las aplicaciones *Night Sky* (en iPhone y Mac) y *Stellarium* (en Windows), que me ayudaron a determinar la posición de los planetas el día y hora en que Alis y sus compañeros se sobrecogieron ante la inabarcable belleza del universo.

Nos vemos en la siguiente aventura.